# 良月

吕淑红 著

天津出版传媒集团
百花文艺出版社

**图书在版编目（CIP）数据**

良月 / 吕淑红著. -- 天津：百花文艺出版社，2023. 5

ISBN 978-7-5306-8545-7

Ⅰ. ①良… Ⅱ. ①吕… Ⅲ. ①散文集-中国-当代 Ⅳ. ①I267

中国国家版本馆 CIP 数据核字（2023）第 075506 号

**良月**

**LIANG YUE**

吕淑红 著

---

**出 版 人：** 薛印胜
**选题策划：** 胡晓童 **责任编辑：** 胡晓童
**装帧设计：** 书香力扬
**出版发行：** 百花文艺出版社
**地址：** 天津市和平区西康路 35 号 **邮编：** 300051
**电话传真：** +86-22-23332651（发行部）
+86-22-23332656（总编室）
+86-22-23332478（邮购部）
**网址：** http://www.baihuawenyi.com
**印刷：** 成都兴怡包装装潢有限公司
**开本：** 145 毫米×210 毫米 1/32
**字数：** 170 千字
**印张：** 7
**版次：** 2023 年 5 月第 1 版
**印次：** 2023 年 5 月第 1 次印刷
**定价：** 55.00 元

---

如有印装质量问题，请与成都兴怡包装装潢有限公司联系调换
地址：成都市金牛区西华街道付家碾村 6 组 152 号
电话：（028）86965207 邮编：610037

# 《良月》序

## 李木生

吕淑红的散文集《良月》其实是一弯新月。纯净、新颖、活泼，情深而朴真，又浸润着淡淡的忧伤。她说“文字让我的梦有枝可依”，这是对文学、对人生的一片忠悃，化而为文字，当然就有了感动人心的力量。

曾经那样热忱地拥抱生活，再静下心来反复咀嚼与反刍，将生命里难以忘怀的情感与人事，一一写出。她是在将一颗心呈现给这个亲切而又生疏的人间，让爱的小溪折折转转地流淌。就是写老生常谈的亲情乡情，她也会以滚烫的情感，燃烧起过往的岁月，让感恩与爱戴有了生死相依的厚重。

散文最忌甜腻，而治疗甜腻的良药，当然是对于生命的追问与对于纠结与痛苦的体验与检视。她以女性的细腻与写作者的敏感，体味所遇所经以及内心的阳光与风雨，这些渗浸着欢乐与泪水的文字，也就远离了轻飘与浅薄。“让月华洗净尘霜，与最好的自己坦诚相见……把时光中散落的失败、挫折、烦恼、不堪，能打败的打败，不能打败的接纳，做成朵朵素朴的花，别在衣襟上，擦擦泪，继续微笑着闯荡天涯。”（《一弯新月上帘栊》）

《云上柳》是这部散文集中分量较重的一篇，不管是情感的寄托、精神的升华、形象的塑造与文学的审美价值，都有着独特的意义。一种美的意象完整而鲜活，并让物我融化在这棵意味深长的“柳”上：“在孤守的楼顶，你乌黑的眸子是黑夜中的水晶，盛满月光的琼浆，引燃我眼底的纯净和苏醒，让我在这黑夜为你写下的诗句，闪烁着朴实诚挚的光芒。”美的发现与再造，当是散文的使命，这在她写月的几篇里，也有着另外的开拓与发掘。如单篇《良月》：“纯棉的夜空，一轮炫白的圆月高悬，如打坐的老僧，参透人间悲喜，却不说破。”“只要有月，人间，就多么值得。”

最早与淑红女士相遇，是两年前在内蒙古的草原上，共同参加一个文学活动。以后，便见她的诗与散文，或畅或滞地流出。最早让我有些惊异的，还是她带些幽默味道的语言。比如她这样写《站在冬的路口》：“太阳则越来越懒洋洋地不想起来，即便硬撑着起来也慵懒得不想梳妆，没有了红彤彤明晃晃的精气神，白是有气无力的白，黄是面黄肌瘦的黄，上个班也吊儿郎当，老惦记着早退，一天比一天懒，往往不到6点就急匆匆下班，早早地钻进黑夜给它铺好的被窝儿。”大家都在一本正经地写作，这种幽默是有些稀罕的，不知她本人意识到没有？这不仅是语言的风格问题，还是一种内心的放达与通脱，尤其在严肃有余活泼不足的时候，更显难得。

初涉写作，又具天赋，当然没有套路与框框的束缚，便有了出人意料的创造与成功，《良月》真是可喜可贺。这让我想起多少著名作家的处女作又是成名作的例子，由此也便有一个衷心的祝愿：这仅仅是个漂亮的开始，老鼠拉木锨，大头在后边。要有系统而深化的阅读，建立起自觉认识世界的能力与习惯，从而让思想的光芒照彻自己的文字；当然还要强化自己语言风格的优势，再淬进一些新鲜的东西，不断地扩充自己的语言库；清醒地让阅历厚重起来，不仅是自己的经历，还有一个“阅”字，是对于周围乃至整个社会与世界的观察，再经过自己悲悯之心的酵酿，从而塑造与生长成一个浑厚的精神境界——如此，当会有更大的收获与成功。

辛丑之冬写于方圆忻居

# 目录

CONTENTS

## 亲情入心

俺爹 / 002
你好，方传英 / 006
你是我心中最高的山 / 010
一条红纱巾 / 014
瓜事 / 017
又到芦笋飘香时 / 022
站在冬的路口 / 026
周末回家 / 030
最美的雨，下在 1987 年的秋天里 / 034
魂牵梦萦三棵树 / 038
梦中的泗河 / 043

酒醉微山湖 / 047
深情的白菜花 / 053
俺侄儿 / 060
我家的姐妹花 / 064
一树东风怜海棠 / 067
情思更比柳丝长 / 069
突然想念蒋苏宁 / 074
冬天，想念一树梨花 / 080
守望 / 084
刘二嫂“绝食” / 087

## 真情致远

一把伞在雨中 / 092
一帘秋雨映黄昏 / 095
夏雨偶感 / 098
朴树 / 100
一弯新月上帘栊 / 104
一路走来 / 107
感动 / 109
1800 米的爱情 / 114

爱的油画 / 117
长在心上的月亮 / 119
我和流苏有个约定 / 124
六瓣花里的春天 / 127
寻美廖沟河 / 129
苇美曹妃甸 / 133
追梦乌拉盖 / 137
137 度爱恋 / 144
爱在桥影流虹处 / 149
一树紫丁香 / 152
奇遇 / 154
我在凤凰等你 / 158
良月 / 162
云上柳 / 167
45 度的哲理诗 / 171
葵花朵朵向阳开 / 174
逆风绽放的玫瑰最美丽 / 178
开在心上的花 / 180
在夏天里站成春天 / 184
难忘那节阅读课 / 187
何时寻桂子 / 190

玉兰花香满西颜 / 192
孝贤和睦一家亲 / 196
高善龙的口头禅 / 200
五月榴花照眼明 / 203

**跋**

良月无限明 / 207

亲情入心

# 俺　爹

俺爹，马坡镇某村一普通村民，普通得就像村前村后那随处可见的坷垃头子，和“高富帅”没有半毛钱关系，有啥可写的呢？

先说长相，光长了潘长江的个头，却没人家潘长江的才华，我一直以为俺爹能娶上媳妇，绝对得益于“父母之命媒妁之言”，要是那时候兴相亲，比他高半头的俺娘能看上他？这个头，说好听喽是“浓缩的精华”，说不好听吧，就是让心眼子坠住了。他要真是心眼子多吧，这样说还不亏得慌，偏偏他又是个直肠子，一根筋，凡事都爱认个死理，说话还不会拣人家爱听的说，自己心里咋想的就咋往外秃噜，一点弯弯儿都不会拐，俺真是想不明白，当年他是咋入的党呢？就他那张嘴，群众基础能好喽？

长得凑合吧也就将就了，偏偏缺点还一大堆。

爱逞能。我 10 岁那年的夏天，收了麦子，家家户户都用牲口拉着碌碡压场，给小麦脱粒。那天中午，俺爷儿俩压场回来，一前一后刚走进胡同口，准备回家吃饭，就听见胡同那头有人声嘶力竭地喊：“马惊了！马惊了！”吓得我本能地往大门洞里钻，可俺爹倒好，眼瞅着一匹惊马还带着半截碌碡框，从胡同那头狂奔过来，他不光不躲竟然还迎上去，跳起来试图抓住马缰绳，想拦停惊马。这事的结果各位用膝盖都能想得出来，就他那一把抓的小个儿，很容易地就被马带倒摔地上了，那马轻蔑地连看他一眼都懒得看，就高傲地绝尘而去。

亲眼看见了这一壮观场面的我，直接吓蒙了，反应过来后赶紧跑过去，想扶起满脸是血的俺爹。邻居们听见我那没人腔的哭号，呼呼啦啦跑过来一大堆人，七手八脚把俺爹架到卫生室，亏得俺爹命大，都是皮外伤。唉，虽说事后人家拿着鸡蛋来看他，我虽然也跟着吃了不少煮鸡蛋，可还是觉得这老头忒爱逞能了，你以为你是谁？

有点傻。从我记事起，俺爹就会侍弄那一亩三分地，最辉煌的人生经历也不过是当了几年生产队长和村党支部书记。据村里的大爷大娘们说，俺爹当队长的时候，出的力最多，越是脏活累活越抢着干，他最看不起的就是干活偷奸耍滑的，这样的人只要让俺爹看见，那必定是张嘴就骂，一点面子都不给人家留。俺爹干活最实在，这话我绝对信。就说最近的，去年夏天，邻居家的三嫂（没俺三哥了）来家串门，随口一说，她家大棚里种的西瓜该压叉了，问俺爹能帮忙不，俺爹答应得那叫一个痛快，吃完晌午饭，俺三嫂嫌热在家睡午觉，85 岁的俺爹拖着他的小个子，钻进人家大棚里压瓜叉去了，等俺三嫂睡醒午觉走进大棚，一看俺爹汗流浃背地都帮她干了一半了。正是三伏天啊，把俺三嫂感动得不行，却把我气得够呛，俺娘打电话给我告状的时候，要不是离得远，我真想立马开车过去把那傻老头薅家里狠狠地熊一顿：亲，请注意，你是 85，不是 58！更不是十七八！不过，俺也只能干生气，就他那犟脾气，说了也没用。

现在生活条件好了，俺们心疼他，不让他种地了，把地给了邻居种。可他倒好，说嘛闲不住，今天帮东家拔拔草，明天又帮西家插插蒜，还说他越干活心里越舒坦，唉，这个有福不会享的倔老头！

很虚伪。嘴上天天念叨没去过北京没看过天安门，等俺和侄女凑假期定好出游计划买好高铁票，准备带他好好逛逛，却又各种推三阻四，嘴上一边“不去不去”，手里却又拿着放大镜一天八十六遍地看墙上的地图，就像那满心欢喜等着上轿的新媳妇，非得在临走前哭哭啼啼装出各种留恋不舍的样子。等我和侄女连哄带劝地把他弄上了高铁，人家玩得那叫一个欢，逛故宫、爬长城，天安门广场遛两圈都不带喊累的。我俩又一鼓作气带他去了秦皇岛北戴河，看看山海关、老龙头。七八天转下来，人家的精神头比我还好，我和侄女相视而笑：这个虚伪弄事的老头子！

认死理。俺爹自己上了几天扫盲班，斗大的字不识半口袋，却就是认供养学生。当年都穷得吃不上饭，俺爹硬是按月背着干粮袋子，步行三十多里路给他上高中住校的侄儿送去（俺大爷在部队上），把他侄儿供养成了村里第一个大学生，还是考的山东大学，现在是山大教授。爹对于文化人的崇拜近乎偏执，也正是爹的“偏执”，让我成了村里第一个女大学生，成了人民教师，让他的孙子孙女都成了名校的研究生。

俺爹的毛病是真不少，可现在为啥我对这个干巴巴、土里土气的乡下老头却越瞅越顺眼呢？

俺爹每天雷打不动必看的电视节目就是山东台的天气预报和中央 4 台的《海峡两岸》，平时街头巷尾和老伙计们扯闲篇儿的时候，张口闭口就是某国领导人如何如何……

俺爹是党和国家的铁粉儿，谁要敢在他面前说党的坏话，他敢给人家拼命！最不济也得和人家争个面红耳赤！整天一脸严肃地教育俺家里人：到啥时候都不能忘本！都得艰苦朴素！生活条件再好也不能变质哈！

每次我回家，俺爹脚不沾地忙前忙后做各种好吃的，等我走的时候恨不得家里的地皮也让我带着，然后就开始眼巴巴地盼着我下次回去。

这就是俺爹，一辈子同坷垃头子打交道，像坷垃头子一样普通的俺爹！

时光啊，你慢点走，爹啊，你慢点老，好让闺女再多孝顺您几年，好吗？

# 你好，方传英

和闺女坐在电影院里看着《你好，李焕英》，前边几多欢笑，后边几多感动，一边抹泪，一边想着俺娘——方传英。

方传英是俺娘的名字，俺娘属猪，今年 86 了，积年累月的辛劳让娘的腰椎侧弯，无法矫正，慢慢地弯成了一张弓。

俺娘是一个再普通不过的农村妇女，一辈子围着锅台转，忙完地里忙家里。不认字，更没进过工厂、打过排球。从我记事起，除了和俺爹一样下地干活，家里的大事小情，里里外外，俺娘都收拾得井井有条；俺娘待人和善不爱计较，从没和别人红过脸拌过嘴，是亲戚邻居嘴里的大好人，那些大娘、婶子、大嫂们有空都爱去找俺娘聊天。俺娘待人热情，谁去都是好茶好水地招待着，她善于宽慰别人，也从不传播是非，所以，家里经常是串门的一拨未走，一拨又来。

俺娘为人热心慷慨大方，每逢别人到家里借这借那，但凡家里有的，都尽力相帮。我小时候家里穷，但只要有上门要饭的，俺娘从不让人空手走，有一次刚盛上一碗热腾腾的面条，门口来了个缺了一条胳膊的乞丐，俺娘把自己没舍得吃的面条倒进了乞丐的碗里，自己啃起了凉馒头。俺娘虽然大字不识一个，却极其心灵手巧，会剪纸、会绣花、会裁剪衣服，以前村里谁家有娶妻嫁女的喜事，主家总会拿上几卷红纸，让俺娘剪出花样，盖在结婚用品上，俺娘再忙再累，也总是有求必应，从不推脱，帮别人绣个鞋样、剪个衣服什么的更是常事……

小时候的我体弱多病又很贪玩好动，是个很不让人省心的丫头片子，记忆中很多时间都是趴在俺娘的背上去看病。不是今天吓着了，让俺三奶奶给叫叫魂儿；就是又咳嗽发烧了，让赤脚医生给打打针儿。

8岁那年，邻居家要盖新房，拉来几车大石头，堆在空地里。淘气的我在石头堆里爬上爬下，玩得正欢实的时候，脚下一滑，额头重重地磕在了突出的石头棱角上，当时就血流满面，挎着篮子去磨面的二大娘远远地看见了，一边喊人一边扔下篮子跑过来，抱起我就往俺家跑。正在蜂窝煤炉子上做饭的俺娘看见我那个样，吓得扔了铲子碰翻了锅，俺爹一路小跑把我抱到卫生室，村里的大夫治不了，让赶紧往乡里送。邻居找来了村里的拖拉机，大伙儿把我送到马坡卫生院，一路上，渐渐陷入昏迷的我就记得俺娘一直把我紧紧地抱在怀里，声声带泪泣血，急切地呼唤一直伴随着我。事后才知道，我闯的这个祸惊动了大半个庄子，多少街坊邻居都跑前跑后的帮忙，可见爹娘平时的为人。

9岁那年的夏天，接连几天的大雨把村口的池塘下满了，我穿着俺娘赶会给我买的新凉鞋，趁俺娘做饭的空儿跑到村口的池塘边，抱着水边的一棵大柳树用脚搅水玩。一不小心哧溜滑进了水塘里，被碰巧路过的邻居捞了上来，闻讯赶来的俺娘看到一身泥水的我，一把抱住我就撕心裂肺的号啕大哭。身上干干净净的俺娘把一身泥水的我抱回家，一边给我洗澡换衣服一边咬着牙哭：“你要淹死了娘可怎么办？娘还能活不？”又气又恨的俺娘高高举起作势要揍我的手，却始终没有落在我的身上。从小到现在我看过很多打孩子的文章，俺娘，从没打过我一巴掌。

上学了，俺娘再忙再累，只要我说看书写字，俺娘就尽量不让我干活，一心只盼着我能好好学习。

初中，我考上了乡里的重点中学，为了给我借钱交学费，俺娘跑遍了半个村子；我得住校，一周才能回家一次，每个周日下午返校的时候，俺娘把家里有的最好吃的东西都给我带着。从小学到高中，我们村里和我一起上学的女孩子陆陆续续辍学，很多人家里都说女孩子上学没用，但俺家里再苦再难，俺爹俺娘从未动摇过供我上学的决心，那时俺娘挂在嘴边的话是“妮儿来，只要你好好上学，咱砸锅卖铁也供你！”

上高中时，看到村里的姐妹在济宁打工，穿着时髦的衣服讲着工厂里的见识回村显摆。热桌子冷板凳，住着破宿舍，带干粮咸菜在学校苦熬的我很羡慕，当时也不想上学了，想出去打工。关键时候，俺爹使劲儿熊我，目不识丁的俺娘苦口婆心地劝我，说女孩要看长远要看一世，不能看一时，让我坚定了继续求学的信念。现在想想，我真的很感谢俺爹俺娘的见识，当初要不是爹娘坚决支持我求学，就没有后来成为村里的第一个女大学生，现在三尺讲台上教书育人的我了。

大学毕业了，本来觉得操劳了一辈子的俺娘该好好歇歇，不用再为我操心了，没想到俺娘却仍在样样为我着想：工作了怕我教不好人家的孩子，结婚了怕我俩吵架怕我受欺负，有孩子了又怕我忙不过来累坏了身体……

就这几天，我身体不适，又让俺娘牵肠挂肚，电话天天打。“晚上你怎么吃的饭啊？吃的啥？千万别着凉哈，自己一定要留心，趁着假期好好歇歇养好身体……”

电话里，娘事无巨细地询问，再三地交代和叮嘱。

比起贾玲，我是幸运的。俺娘虽然 86 岁了，霜满白头，步履蹒跚，腰弯成弓，但依然精神矍铄，生活还能自理。

我不想像贾玲那样有痛断肝肠的遗憾，只想在父母健在的时光里，好好陪陪他们，让他们开心，努力满足他们本来就不多的心愿。

你好，方传英。你好，我的白发亲娘！

你要一直一直都好好的啊！

# 你是我心中最高的山

我的父亲是一个农民，矮小、黑瘦，普通得就像村前村后随处可见的土块。

像土块的父亲是种地的一把好手，侍弄起他的一亩三分地来，就像母亲绣花一样。母亲绣的花儿、朵儿、鲜枝嫩叶，水灵灵的，在村子里数一数二；父亲种的庄稼也是村里头一份，叔伯大爷们常竖着大拇哥夸赞。

父亲种地不惜力，舍得吃苦下本儿。父亲常说，土地最实在，你不糊弄它，它绝不会糊弄你。下几分力，收几成粮，种庄稼来不得半点投机取巧。

父亲对他的土地无比熟悉，每个土块敲多碎，浇多湿，上多少肥，啥时候点种，放种子的小坑挖多深，啥时候间苗、打叉、掐尖，啥时候拔草、收割……父亲总是拿捏得恰到好处。经常有邻居拿不定主意的时候来问父亲："叔，你啥时候种瓜给俺说声，咱一块种。"有时候邻居来问："麦子都黄梢了，咱开镰吧？老天别再发个脾气变了脸儿，突然来场暴雨咋弄？"父亲掐掐手指头，看看天，胸有成竹地说："不熟透不行，还得两天后才能开割。"父亲说，庄稼地里的事不能心急，不能糊弄，讲究个瓜熟蒂落。

在他的土地上，父亲是绝对的国王。父亲说，别欺负庄稼不会说话，它们灵性着嘞，谁疼它谁不疼它，它们心里都有数。父亲确切地知道，怎样给它们最合理的安置：玉米地头上栽几排高粱，高粱秸秆铺床，高粱杪扎扫帚；大豆棵里穿插几行芝麻，还得留出几垄种上地瓜，孩子们爱吃；那一块地适合种棉花，一家子过冬的指望都在这里呢；西头靠河有一片缓坡，父亲种上绿豆、南瓜。父亲说，人勤地不懒，只要勤快，就没有荒废地。

父亲把他的庄稼们收拾得服服帖帖，该开花开花，该结果结果，一点都不给父亲捣蛋。

也许在父亲眼里，我也是他手里的一株麦苗，父亲知道该怎么调理才能有好收成。

父亲自己虽然只上了几天扫盲班，斗大的字不识半口袋，但对于文化人却无比崇拜，崇拜得近乎偏执，就认一个理儿：想有出息就得读书认字，好好上学！

20 世纪五六十年代，家里穷得吃不上饭，父亲硬是让全家勒紧裤腰带儿，从牙缝里省出粮食来，按月背着干粮袋子，步行三十多里路，给上高中住校的侄儿送去（我大伯在部队上）。把他侄儿供养成了村里第一个大学生，还是考的山东大学，后来留校任教，当上教授，直到退休。他的两个女儿也都考上了山大。

有了这个榜样，在我上学时，父亲更是倾尽全力，只要我读书学习，父亲就啥活也不让我干；我要是在学习上偷懒，父亲就带我下地干活去。父亲说，不吃苦不成人，知道种地的苦和累，才能好好学习。

后来，每次不想写作业的时候，每次做不出数学题想放弃的时候，每次看到村里的女伴一个个辍学进城打工、衣着光鲜回村显摆的时候，我就想起了在毒辣的太阳下割麦子、撒化肥、扒玉米的苦累，在学习上就不敢有丝毫懈怠。我一鼓作气，先考上乡里的重点中学，然后，成了村里的第一个女大学生，毕业后走上三尺讲台，教书育人，传播知识的火种。

在父亲的教育下，我的侄女侄子都考上了研究生，侄子幸运地考进山东大学。现在他俩都已经研究生毕业，如愿考进了理想的单位，成了上班族，我女儿也考进了沈阳大学。我们家也成了村里唯一的一户有四个山大学生、两个山大教授（我侄女、女婿也是山大教授）、四个研究生的家庭。我们家也在 2010 年被济宁市委宣传部评为“济宁市百佳书香人家”。

从我记事儿起，父亲就乐善好施，乐于助人。我 10 岁那年的夏天，收了麦子，家家户户都用牲口拉着碌碡压场，给小麦脱粒。那天中午，我跟着父亲压场回来，准备回家吃饭，一前一后刚走进胡同口，就听见胡同那头有人声嘶力竭地喊“马惊了！马惊了！”吓得我本能地往大门洞里钻。可父亲眼瞅着一匹惊马还带着半截碌碡框，从胡同那头狂奔过来，他不仅不躲，竟然还迎上去，跳起来试图抓住马缰绳，想拦停惊马，结果没拦住，还被马带倒摔在地上了。目睹了这一惊心动魄场面的我，直接吓蒙了，反应过来后赶紧跑过去，扶起满脸是血的父亲。邻居们听见我那没人腔的哭号，呼呼啦啦跑过来一大堆人，七手八脚地把他架到卫生室，亏得父亲命大，都是皮外伤。

在父亲的影响下，我也曾奋不顾身保护过学生。在一次下班途中，我在路口偶然看到一处纠纷现场有一个穿校服的学生时，就急忙走过去，当看到几名社会青年因一点摩擦而殴打学生时，我不顾一切地冲过去，大叫着“不要打孩子”，一边拼命支着胳膊尽力保护他，一边喊着好心人帮忙拉架。在厮打的过程中，我的背包被扔到了一边，背上也被重重地打了两拳，我顾不得自己，赶紧拿出手机通知了家长，又记下了那几个人的车牌号报了警。

在父亲热心助人的影响带动下，我从走上教师岗位之日起，就尽己所能关心帮助我的学生，先后资助过多名困难学生：给他们买过衣服买过书包，送过钱送过吃的，把平时住校，节假日不能回家的同学叫到自己家里给他们包馄饨吃……

我的大伯是一名老革命，参加过抗日战争和解放战争，当年跟随百万雄师过大江。新中国成立后留在了浙江临安，担任临安市农委主任，一直到离休，大伯去世时身上盖着鲜红的党旗。在大伯的影响下，父亲也早早地加入了党组织，是一名光荣的共产党员。

我无比感激我的父亲，我那普通平凡的父亲，一个最基层的老党员，感谢他用朴实坚韧的肩膀把我托举起来，让我看到更明媚的春光！

我矮小瘦弱的父亲啊，你是我心中最高的山！

# 一条红纱巾

每次打开衣橱，看见里面满满当当丝的、棉的、毛的、各式各样的围巾，就不由得想起那条火一样的红纱巾……

那是 1983 年，我 9 岁，刚开始懂得臭美。春天时，邻居家的三姐订婚了，婆家给她买了新衣服，还买了一条在当时特时髦的红纱巾。三姐爱如至宝，整天围在脖子上，那红艳艳的纱巾把三姐的脸衬得犹如一朵盛开的桃花，真是太漂亮了！三姐的纱巾每天在我面前飘来飘去，成了我眼中最美的风景。我羡慕极了，就缠着母亲要，母亲哄我说："等你长大订婚的时候，你婆家也会给你买的。"可我什么时候才长大呢？

日子在我的渴盼中一天天过去，三姐那美丽的红纱巾成了我心中挥不去抹不掉的一片红云，实在眼馋得难受，就壮壮胆儿走到三姐跟前想去摸一摸，可还没摸着就被三姐的胳膊给推开了："去去去，小孩子家！"

唉，那漂亮的红纱巾哟，什么时候你才能在我的脖子上待上一会儿呢？哪怕只是一分钟，不，十秒……

也许是老天有意，那天，我跟母亲去赶集，走到集上的供销社里，我眼前忽然一亮，天哪，柜台里的架子上挂着一条红纱巾！我立刻跑过去，趴在柜台边上，眼巴巴地看着那纱巾，生怕一眨眼的工夫就会被别人抢走，母亲看出了我的心思，赶紧拉我回家，我死死地抓住柜台不松手。母亲再拉，我就放声大哭。现在我还清晰地记得，那条红纱巾的标价是两块四，可那时的鸡蛋才六毛钱一斤，平时家里的几只鸡下了蛋，都被母亲攒起来拿到集上去卖，母亲要用它换一家子的柴米油盐。要知道，这一条纱巾要用四斤鸡蛋去换啊，母亲哪舍得给我买，只好连哄带吓唬地拽我回家，可无论母亲怎样软硬兼施，我就像着了魔似的，哭着赖在那里，死不回去。

周围那些看热闹的人都指责我的要求太过分。那时，谁舍得花那么多钱为一个 9 岁的小丫头买这不当吃不当喝的东西啊，连供销社的人都说我不懂事劝我回家，让我长大了再来买，可我就是认准了它，非要不可。

母亲气极了，丢下我独自走了。

围观的人也都散去了，只有我一个人坐在柜台前看着红纱巾哭，哭累了，就呆呆地看。

不知过了多久，母亲站在了我的面前，她看了看我，深深地叹了口气，那声叹息现在还刻在我的脑海里。母亲走到柜台前，两眼噙泪，用颤抖的手掏出一个手绢包，慢慢地一层层打开，拿出一大把钱来放到柜台上，都是毛票、分币，她用苦涩的声音开始一毛一毛地查着钱，我的眼睛开始放光了，我知道母亲要给我买纱巾了。我腾地站起来，用脏兮兮的手抹了抹眼，挨到母亲身边。不好！我愣一下，“还差两毛。”母亲低低地说，头也没抬，售货员还想劝劝：“大嫂，何必呢，她一个小孩子家，揍一顿就不敢要了，你还真给她买啊？”母亲点点头，售货员赶紧把纱巾拿过来，递到了母亲手里：“大嫂，这两毛钱不要了。”母亲感激地道了谢，转过身来，我赶紧递过手去，眼睛始终没离开那红纱巾。

母亲牵着我的手回到家，给我洗干净手，又仔细地给我洗了脸，这才慢慢地把纱巾给我围上，啊！老天！我终于有红纱巾了！我欣喜若狂，立刻飞出门去，满村子疯跑……

那条红纱巾陪了我多年，长大后，一想起这事，我就会为自己当初的不懂事深深地悔恨。恨自己太任性，恨自己不理解母亲的苦衷，我又为自己有这样一位深深爱着我的母亲感到骄傲。

母亲啊，您就像这条纱巾一样，永远在女儿的心头红红灿灿！女儿已长大，往后的日子，女儿会让您的生活一直红红火火！

相信我。

# 瓜　事

“我看明天又得去卖一车了。”爹在瓜地里来回转悠了两趟，对正弯腰专心拔草的娘说。

娘直起腰来，抬起右手，用手背抹抹头上的汗，使劲儿甩了一下手，左右看看，又抬头看看天，有点不放心地问爹：“行喽不？熟好了吗？前几天刚卖了一车。”爹小心翼翼走过绿油油的瓜秧，仔细看看，又蹲下挑了几个圆溜溜胖乎乎的大西瓜拍拍，很自信地点头：“行了！一会儿吃完晌午饭，我就下瓜！”

娘不再怀疑，她知道爹种瓜的水平。

爹是附近几个庄上有名的种瓜能手，他种的西瓜，个儿顶个儿好吃。长长的瓜刀往西瓜腰上轻轻一切，“刺啦”一下，瓜就乖乖地裂成两瓣儿，红红的沙瓤，薄薄的绿皮，乌黑的瓜仁儿眨巴着得意的小眼儿，闪着油亮骄傲的光。

我跟着爹拉着地排车去集上卖过几回西瓜了。集上好多人都认识爹，专门过来买我们家的，爹每次都是自信满满地给人家打包票：“放心吃哈！我种的瓜，不甜不好吃不要钱！抱回家去不满意你再给我抱回来，我给你俩！”旁边帮忙看摊子的我很担心爹这么吹牛皮，万一人家真抱回来咋办？可跟着卖了好几回了，一个抱回来的都没有，我心里就踏实了。

爹卖西瓜，给现钱的主顾，爹总是让个零头。有的用葫芦瓢端着麦子来换，爹给人家称西瓜的时候总是高高的秤头，称人家粮食的时候秤头就平平的，好几次称完了又抓给人家一小把。我在旁边干生气，头回卖瓜回来，一进家门就给娘告状。娘端来一盆凉水，让爹洗脸，笑笑："你爹就这样的人，这才是你爹呢！"爹收拾好地排车，就开始"噗噜噗噜"洗脸，捎带着连头也一块儿胡撸几把。我递过去毛巾抱怨着："这样卖不亏本了？"爹满不在乎："呆瓜呆瓜，卖瓜就得呆一点。都是掰着手指头数着粮食粒儿过日子的庄稼人，都不容易，咱自己种的东西，亏就亏点力气。"

我给了爹一个大大的白眼儿，气哼哼地转过身去不理他："哼！你说得轻松，咱家的瓜，哪个不是你和娘汗珠子摔八瓣儿种出来的？我还跟着上过几回肥拔过几次草呢！咱家人的力气就这么不值钱？"

我嘟囔过两回不管用，爹还是那样。不过，每次我家的西瓜都卖得最快，卖完瓜，爹总会给我买把馓子买根冰棍啥的。回家的时候让我坐在地排车上拉着我，我也就不说啥了。

现在爹说西瓜又能卖了，我在一边的窝棚里暗自高兴，真好，明天又能赶集卖瓜又有好吃的喽！

我对爹的话深信不疑，爹从不说瞎话。有好几回，爹像拍他的西瓜一样拍拍我的头，拽拽我东倒西歪的羊角辫，很坚定地说："你一准能考上大学！"

我问爹怎么样才能考上大学，爹说你只要每次都考第一名就行。

我这才想起来，好像是从我上一年级，第一次考试就考了个第一，爹就摸着我的头，说我是个苗子。我虽然不懂啥是苗子，不过班里十七个人，考个第一，还是很高兴的，况且我还是个子最矮，年龄最小的。

爹既然说我能考上大学，那就能考上。因为我大爷家的堂哥已经考上大学了，还是考的山东大学。当年爹就说我大哥能考上，砸锅卖铁也得供他！那时大爷跟着部队南征北战，裹着小脚、矮矮瘦瘦的大娘不宜出远门，都是爹背着全家勒紧裤腰带省出来的干粮，每个周末步行三十多里路给上高中住校的大哥送去，终于把我大哥供成了乡里的骄傲。虽然我才上四年级，但村里好事的婶子、大娘、大叔们，已经有人不真不假地叫我“大学生”了，肯定是他们看我每回都考第一，年年都领奖状。叫就叫吧，反正爹说我能考上，我就能考上，就是叫得稍微有点早呗。

大学生就得有个大学生的样儿，我就出来进去的爱拿本书，有空就看看，而且只要我看书学习，爹娘就不让我干活。

就像现在，爹娘在瓜地里忙活，我却坐在地头上靠近路边的窝棚里，左手拿着语文课本，右手拿着个大蒲扇，呼呼地扇风。正是三伏天，周围一人多高密密麻麻的玉米把我家这二亩多瓜地围得严严实实，只剩窝棚前面这一条两米多宽的小路。

娘拔完那垄草，看看天，朝窝棚走过来，提溜起水壶，倒出来半碗水，咕嘟咕嘟一气喝干，抹抹嘴问我：“我得回家做饭去了，你爹也回家拉地排车去，吃完饭好下瓜，你自己在这里行不?”爹也过来了，一脸期待地看着我：“我先家走吃饭，吃完饭就回来替你。”我想了想，觉得自己好歹也上树掏过鸟、下河摸过鱼，关键时候不能含糊，就学着爹自信的样子点点头：“行！恁都走吧，我都 10 岁了！没事儿！”爹看看娘：“也该让她锻炼锻炼了。”娘总是听爹的，自然没啥意见。虽然一步三回头，还是走了。

爹又问了一遍："你自己真行？"我都有点不耐烦了："你麻溜儿走吧，有啥不行？"爹看看周遭空无一人的玉米地，又站在路上左右看看，正是最热辣的晌午顶上，路上连个人影都没有。爹似乎放心了，也大踏步走了。

看见爹娘走远了，我把书一扔，哧溜一下钻出窝棚，蹦到了大路上。还是南北通透的路上凉快，好像起风了，太阳晃晃也没刚才毒了，真好。

我去窝棚旁边拿过来西瓜刀，在土路上画了几个方格，高兴地玩起了跳房子。

天色越来越暗，风也越来越大，先前觉得凉快舒服，这会儿居然有点冷了。旁边本来蔫蔫巴巴无精打采的玉米地里开始有了窸窸窣窣的声音，原先呆头呆脑一动不动的玉米棵摇晃起来，我有点害怕了，不敢再跳房子，赶紧拿着瓜刀钻进了窝棚。

窝棚离地约半米高，下面是爹从家里拉来的木床，四周用铁丝绑上粗树枝、草衫子、塑料布，只在南北两头留了出入口。风越来越大，我赶紧抱过来棉被，和爹的一个破棉大衣，把自己围上。

呼呼的大风把一排排的玉米刮得东倒西歪，天好像一下子黑了下来，一道闪电迅疾地撕开了黑幕，又倏忽合上，"咔嚓""咔嚓"，轰隆隆几声炸雷响过，大雨点子就噼里啪啦砸下来了。

我害怕极了，想哇哇大哭，想拼命地喊爹娘，嗓子眼儿却像被鱼刺卡住，咋呼不出来。只能绝望地紧紧抱着棉被，龟缩一团瑟瑟发抖，耳朵里像有千军万马，外面铺天扯地白茫茫的雨雾已经遮住了玉米，除了雨，什么都看不见了！

我是不是要死了？娘啊！我还没长大呢！我还没上大学呢！

不敢再想，不敢再往外看，该死的大雨从北面一个劲儿地往窝棚里钻，窝棚北半边都湿透了。我蜷曲着身子往南挪了挪，闭上眼，把头埋进爹的棉大衣。

惊恐间，做梦一样，突然听到有人叫我，我晕乎乎抬起头，就看见水人一样的娘正往窝棚里钻，戴着斗笠的爹就站在娘的后头。

我“哇”地一声号啕起来。浑身湿透的娘，隔着被子把我紧紧揽在怀里，忙不迭连声说：“都怨我都怨我，吓着俺闺女了！”

爹也挤进来，抹掉脸上的水，轻描淡写地说：“哭啥呀，这不没点事？先前还牛气哄哄地吹来，说自己在这里能行，就这点小雨就吓秃噜了？那怎么考大学？”

爹一说这，我才想起来自己是大学生，不能这么丢脸。赶紧用爹的棉大衣袖子擦干泪，硬撑着扬起头朝爹嚷嚷：“谁害怕来？我没害怕！要是害怕我不跑回家了？”

娘赶紧接过话茬：“就是就是，俺闺女就是管（方言，意为厉害）！上大学的料子哪能害怕！这不，把咱的西瓜看得多好，一个瓜都没少！”

我狠狠地瞪了爹一眼。

风小了，雨停了，被雷电吓跑的胆小鬼——太阳也晃晃悠悠地出来了。

我们都从窝棚里出来，娘拧着衣服上的水，说正做着饭，看着雨上来了，拿了个斗笠就赶紧往瓜地跑，还是淋到了半路上。

娘背着我，湿透的黑发紧贴着娘的头皮，像我紧贴在娘的背上一样。爹抱着湿乎乎的被子和棉大衣，褂子上还滴答着水，我们一起走在回家的路上。

在我心里，一直走着。

# 又到芦笋飘香时

若评“春三鲜”，我觉得当是荠菜、香椿、芦笋。

打小就最盼春天。以前万物萧瑟的寒冬，主要青菜除了萝卜就是白菜，漫长的煎熬等待之后，终于盼来冰雪消融大地回春，雪蒿、马齿苋、灰灰菜、野葱……各种好吃的野菜陆续登场。而真正的春天一定是在野荠菜的鲜香里开始吐露芳华的：荠菜玉米面糊、荠菜炒鸡蛋、荠菜团子包子水饺……心灵手巧的娘总能把我挖来的普普通通的荠菜弄出许多花样。

荠菜吃得差不多了，就开始天天往树上瞅。鲜嫩的香椿芽不负我望，在我日益焦灼的目光里，开始在光秃秃的树梢探头探脑，等它终于鼓足勇气绽出紫红微绿的笑脸之后，娘炸的黄澄澄、油汪汪的香椿鱼儿就盛装亮相了。扑鼻香气直接飘到二里外我破旧的小学教室里，勾得馋虫在我肚里叽里咕噜上蹿下跳，惹得我上课坐不住板凳，好容易听到放学的哨声，一准儿第一个冲出教室，头都不回地往家跑。

炸香椿鱼儿是不常吃的，太费油。娘常做的是香椿拌豆腐，切得细碎的嫩绿香椿和小块的豆腐丁往一块一放，清清白白，真是绝搭。娘还会把略微老点的香椿用开水烫过，切碎了用盐腌上，吃面条的时候放上一勺，太开胃了。

等到吃上娘捏的榆钱窝窝、槐花饼子，我最爱的芦笋终于上场了。

我们老家种的芦笋，是那种白白嫩嫩，手指粗细的，和现在市面上常见的通身翠绿的那种不同。

我把扒来的芦笋一脸自豪地交给娘，娘会把沾泥带土的芦笋先粗洗一遍，再从后头开始小心地慢慢地剥去老皮。剥完皮的芦笋更加白嫩，娘用心清洗干净，然后切成斜斜的长椭圆形薄片，放到滚水里焯一下，再起锅烧油，放上葱花辣椒，把焯好的芦笋倒进去，只需再加一点盐、酱油、醋、蒜瓣儿，一盘鲜美无比的清炒芦笋就出锅了！

我问娘为什么要用开水焯一下再炒，娘说，芦笋和香椿芽一样，本身有苦味，开水焯一下就可以去掉大部分苦味，吃的时候口感会更好。但这苦味怎么烫都不能完全去掉，这是它必须保留的本质。确实，无论煎炒炖炸，最后吃起来，总有一种淡淡的苦味在，而这，也正是芦笋独有的原香。

人这辈子，多像芦笋啊，必须得经过岁月风雨的洗烫，去掉些生涩、莽撞，再保留住自己的善良本色，才能走向成熟，迎来美好的人生。

芦笋除了清炒，还可以搭配任何食材。后来生活条件好些了，娘就用芦笋炒泡好的粉条、炒鸡蛋、炒肉丝，再奢侈一些，就是炖鸡鸭鱼肉、排骨猪蹄的时候放上芦笋。芦笋的包容性特别强，不挑剔，在保留本色味道的同时，也不拒绝接受别人的优点。和排骨一起沸腾的时候，就浸染醇厚的肉香；和鱼儿一起摸爬滚打，就沾着水草的鲜美。

不知道算不算返璞归真，还是嘴越来越刁，生活条件好了，吃过那么多复杂的搭配之后，我最爱的，反而是娘做的最简单的清炒芦笋。

芦笋营养价值极高，它低糖、低脂肪、高纤维素和富含微量元素，经常食用芦笋能清肺利水、滋阴润燥、生津解渴、化痰止咳、降脂减肥。

芦笋好吃栽培难。爹说，种好芦笋得三年，第一年春天秧苗，第二年春天分墩儿，第三年春天培土整垄沟。爹培的笋沟通常四十厘米高，最上面大约二十厘米宽，每两垄之间大约间隔一米半。做好这些，耐心地等着芦笋嫩芽悄悄长大，到了它出阁的时候，把它从垄沟里扒出来，请上餐桌，这时候才能吃上鲜美的芦笋。

所有农活里，我最喜欢干的除了挖荠菜，就是扒芦笋了。

暮春三月，阳光正好，微风不燥。我提着竹篮拿着特制的笋刀，越过一畦畦挤眉弄眼迎风招摇的麦苗，走到芦笋地里。

芦笋不像麦苗，它非常谦逊低调，总爱把绝美身姿藏在土层之下。

寻找芦笋的过程就像和小伙伴玩捉迷藏，需要我弯下腰去，瞪大双眼，仔细搜索。看清楚平整的垄沟表面绽开的细小裂纹，顺着裂纹，用分开的手指轻轻一扒拉，有时候可能啥也没有，这是捣蛋包蚯蚓布的迷魂阵。运气好了，可能就会有白白的笋尖眨着调皮的眼睛冲着我腼腆地笑，祝贺我成功找到了它。这时候千万不能心急，要沉住气，慢慢用笋刀把它旁边挤着看热闹的碍事的土都铲开，等芦笋白嫩的身材一览无余，就可以左手扶住它，右手用笋刀稳稳地从根部把它和泥土的联系彻底切断，再轻轻地把娇嫩的芦笋放进竹篮，这根狡猾的小调皮芦笋才真正成为我的手下败将。这样几垄沟走下来，就会腰酸背疼，两眼发涩，但我却乐此不疲，每每总是抢着去做这个好玩的游戏。

这是很多年以前的事了。

现在已是不惑之年，老家也已多年不种芦笋。这种累并快乐着的儿时乐趣难以再现，只能在深藏的心底发酵，和远逝的童年一起，酿成一杯怀念的绿酒，在平淡岁月里偶尔拿出，让它清冽的馨香慰藉一下劳碌奔波的红尘凡心。

没想到，前几天回老家，娘居然送我个惊喜！拿出了几把包好的芦笋，说她赶集的时候看见有卖芦笋的了，知道我最爱吃，就赶紧买了许多，这几包给我回城的时候带着，一会儿就给我做一盘清炒芦笋，让我好好地解解馋。

炊烟氤氲，不争气的泪溢出眼眶，我抬抬胳膊，悄悄抹掉，低头，帮娘往锅底再续一把柴火……

# 站在冬的路口

是哪一片叶子意志不够坚定，没有抵挡住秋风的蛊惑，最先思想动摇，把一身翠绿换成浅黄、深黄、浅红、深红的呢？又是哪一棵树上的哪一片黄叶最先挣脱枝条的百般挽留，义无反顾扑向大地母亲宽厚温暖的怀抱？是哪一棵银杏果紧随其后，扑簌簌掉落，把自己毫无保留地归还给这片泥土？

没有看到，也说不清楚。

能看到的是，上班路上，法桐枯黄的叶子越铺越多，环卫阿姨刚扫过去不久，路上又零零碎碎地落了一大片，时不时被急速而过的车轮带起，车前车后的打个旋儿，再体验一把飞舞的自在。侥幸留在枝头上的也成了大花脸儿，黄中还留着点绿，绿中又蔓延着大半的黄，斑斑驳驳，在越来越凉的冷风中，和着细碎的光影摇摆不定，内心上演着纠结的戏码，一遍遍默背着敲开大地母亲的家门之前，该说的台词。其实它们完全不用这么紧张，就算真说错了也没啥关系，哪个母亲会不原谅自己的孩子呢？

唐王湖畔的垂柳真沉得住气，依然倔强地绿着。我一直觉得这时候的柳树才是最美的，脱掉了春天时的稚嫩懵懂，经历了炎夏无情的烈日狂晒，酷暑粗暴的风雨洗礼，被中秋最温馨光洁的月华浸润，深秋的晨霜夜露一遍遍打磨，株株粗壮的大柳树宛如深谙世事白须皓眉的长者，浑身闪耀着智慧的光芒，每一枚细细长长的叶片上都写满了哲理警句，每每随风飘拂，都是在呼唤人们去认真解读。

能看到的还有满塘静默的残荷，枯黑消瘦的茎秆，横七竖八，立在一池萧瑟里，一脸怜惜地看着同样枯瘦的几片荷叶，不说话，任凭风儿百般挑逗。瓦蓝高远的天空屡屡送来满怀鼓励的注目礼，依然沉默不语，是怀念往昔“无穷碧”“别样红”时的辉煌娇艳吗？是想念那曾频频造访说尽甜言蜜语的大眼蜻蜓？还是看腻了尘俗的悲欢离合，懂得了世事无常，了悟了情路艰辛，才用沉默锁了心门？繁华也好，灿烂也罢，终不过是过眼烟云。也许，平平淡淡，才最真。

即使被风吹雨打，云罩雪浸，你也没有对生活失望，只是把希望封存在心底，等到合适的时候，你依旧吐枝绽叶，再露芳华，因为你懂得，不管时光赐予我们的是温柔缱绻，还是雷霆沧桑，都不能拒绝成长。只要心存希望，就必能熬过岁月的汰冶，并最终到达要去的远方，舒展自己的馨香。

和满塘残荷相依相伴的，还有几丛芦苇。没有芦花飘雪的壮观，只有朴实无华的棕褐色的芦穗默默守护着这片水面，尽职尽责。曾经在这里撒欢嬉戏的水鸟们踪影不见，往昔的海誓山盟也烟消云散了吧？患难见真情，唐王湖的这汪清水应该也是懂得这句话的，要不，此时此刻，它为啥把这片颜值不高的芦苇紧紧相拥？

能看到的，还有漫山遍野的地瓜、花生已经入仓安居；善于抵御寒冷的冬小麦无精打采地在冷风中探头探脑，瑟瑟发抖；一排排曾经枝繁叶茂的杨树，早没了往日的翠青喧哗，枯瘦的树枝嶙峋在晨霜夜雾里，而寒鸦的窝巢没有了叶子的庇护，清晰可见；高高的柿子树梢上残存的几枚红果，竟如孤零的灯盏，唤着太阳起床。太阳则越来越懒洋洋地不想起来，即便硬撑着起来也慵懒得不想梳妆，没有了红彤彤明晃晃的精气神，白是有气无力的白，黄是面黄肌瘦的黄，上个班也吊儿郎当，老惦记着早退，一天比一天懒，往往不到 6 点就急匆匆下班，早早地钻进黑夜给它铺好的被窝儿。

能说清楚的是，影子一天比一天长了，手脚和膝盖一天比一天凉了，护驾山公园晨练的人一天比一天少了，身材一天比一天臃肿，不想再用冷水洗脸。还有，日历牌一天看好几遍，自觉不自觉地就开始了倒计时，念叨着还差几天送暖气，交暖气费的通知也不用催好几遍，在楼梯间一看到就麻溜儿地抽空交上了。

四时流转，已经到了立冬的节点。

又开始担心赖在老家村子里死活不愿进城享福的爹娘了，每年入冬前都得絮叨好几遍，磨破嘴皮，软硬兼施，想劝爹娘到城里过冬，可他们本乡本土地过了几十年，早就把根深深地扎进了那个小村，怎能轻易劝离？哪怕只是过个冬天，爹娘也不愿离开生活了几十年的老家。那里有宽敞的平房大院，有熟悉热心的乡邻，有亲切温暖的味道，白天萦绕耳畔的是舒心的乡村俚语，夜晚抬眼便是满天晶莹闪烁的星光，还有忠心耿耿看家的大黄狗，娘专门饲养的几只下蛋鸡。那两棵年年硕果累累的大枣树，一棵石榴树，几棵高大的月季花也是娘亲手侍弄的，娘怎么舍得那么长时间离开它们呢？

都说“树挪死，人挪活”，可这话对爹娘是一点用都没有，他们老了，不想挪窝了，宁愿在家里挨冻，也要陪挽着家乡的风景。其实，不止他们恋家，已过不惑的我又何尝不是呢？

白天，无论怎样衣着光鲜地游走在城市的大街小巷，夜里一闭上眼，关于老家的一切就时不时闯进心头：那棵孩童时年年生日必抱的粗壮大椿树，楝子开花时满院的清香，一嘟噜一串的槐花、榆钱，偷烤过的花生地瓜，捉过的小鱼小虾，推过的铁环，踢过的毽子，玩过的沙包……一个劲儿地往脑子里钻，挡都挡不住。

我知道，我就是这样一棵花生或地瓜，枝叶蔓进了城市，根茎还在农村老家，血脉里汩汩流淌着的，是那个小村的炊烟给予的童话。

站在冬的路口，回望老家，知道劝不动爹娘，只能定期把自己送回去让爹娘看看，尽力给他们张罗好这个冬天吧。

虽然他们一再说，在老家，啥都不怕。

# 周末回家

周末，开车回老家看爹娘。

车子上了济微路，路旁收割完的麦田里已有绿绿的玉米苗，在整齐排列的麦茬间调皮地探头探脑，不时还随风舞上一曲，煞是可爱。

进了临荷路以南马坡镇地界，公路两旁卖西瓜的摊点明显多了起来。经常走这条路的都知道，我们马坡镇的西瓜特别好吃，沙瓤薄皮，汁多味甜籽少，一路走过，不时看到有车辆在瓜摊前停留，作为地道的马坡人，看到路旁瓜摊儿生意火爆，内心还是有点小骄傲的。

不觉到了马坡一中路口，右拐，一路向西，平坦的柏油路，两旁粗大的杨树形成了一条绿色长廊，时不时也有新栽的小树苗在列队欢迎。看着这亲切的家乡美景，脑海里不由地迸出了二十多年前我上学那会儿这段路的情况……

1987年，我幸运地考上了马坡镇的重点中学——微山九中，学校在马坡镇驻地，平时来回最愁的就是从济微路到家的这一段乡间土路，晴天一身土还好说，最怕的就是下雨下雪。印象最深的就是秋雨连绵的那个星期六中午，身上单薄的衣服早已被淋透，在这段泥泞的乡间土路上，自行车推都推不动，只能手里拿着树枝，推几下就抠一下车圈里的泥，平常半小时的路，走了两个多小时。忘不了一身雨、一身泥、一身汗、又冷又累又饿、筋疲力尽的 13 岁的我回到家里，是怎样地号啕大哭，怎样咬牙发誓再也不上学了！

刚想到上学，车子已经到了朱集联校门口。只见漂亮的教学楼粉刷一新，整洁的校园安安静静。眼前的一切让我感慨万千，靠边，熄火，欣赏，思绪忍不住翻滚，又想起了自己当年的求学之路……

1982 年的秋天，一个矮矮瘦瘦的黄毛丫头，背着用各式布头凑合着缝起来的书包，走进了村里破破烂烂的学校。学校没有围墙和大门，只有几间可怜的土坯房和门前巴掌大的一块空地，我们一年级的新生要和二年级的合用一间教室，另外两间教室是三四年级的。全校只有两个民办教师，教我们四个年级三十多个孩子的语文、数学课，我们一年级学“ɑ、o、e”的时候，二年级的就做数学题；另一个老师上课时，是先给三年级的讲一半，让他们读着书或做着练习题，再去给四年级的讲课，下节课再反过来……就这样，我们的课还经常上不全，学校三天两头放假，因为老师要忙地里的农活。有一次，老师都去地里干活了，我们语文老师就让她的母亲，我们都叫她二奶奶的那个小脚老太太，手里拿着根木杆子，到学校里看我们上自习，要是哪个孩子调皮捣蛋了就砸他两杆子。就这，老太太才只看了一小会儿就不耐烦了，叫我们都去她家里剥玉米，呼啦一下子，几十个孩子都拥进了她家院里，老太太高兴得合不拢嘴，一个劲儿地夸我们干活比学习好……

在乡教办的协调下，我们五年换了三所学校，终于磕磕绊绊地读完了小学，1987 年秋天，我以全校第一名的成绩考入了乡重点中学。家里的高兴劲儿还没过去，更大的困难又摆在面前，学校在乡驻地，离家十里路，得住校，只能一个星期回家一次。那时家里没有自行车，记得第一次开学，哥哥跑了半天，好不容易借了一辆自行车，带着被子、衣服、干粮、咸菜和 12 岁的我，把我送到了学校。此后的每个星期六中午放学，我们几个同路的一起步行回家，星期天中午再背着书包、干粮袋步行返回学校，那时最大的梦想就是能有一辆自行车。后来，在南屯煤矿上班的姨夫给了我们家一辆旧自行车，才结束了我步行上学的生活，也是在这一年，为了哥哥相亲，家里咬着牙，花了一百多块钱买了一辆大金鹿，这可是当时家里最值钱的家当了。

当年的学校生活深深地镌刻在我的记忆里。忘不了几十个学生住在三间教室改成的宿舍里，夏天蚊虫肆虐，闷热难挡，冬日北风呼啸，滴水成冰；忘不了一学期 25 块钱的学费，母亲借了好几家，而那时老师一个月的工资也才几十块钱……

开水、干粮就咸菜的苦熬了 6 年，终于熬到高考了，皇天不负有心人，我如愿以偿考上了梦寐以求的大学。1996 年秋天，我大学毕业分配到了一所乡镇中学，成了一名光荣的人民教师，苦水里泡出来的孩子，格外珍惜这份来之不易的工作。还记得上班第一个月，拿到了 575 元的工资，那种欣喜若狂的感觉，比现在买彩票中了一百万都激动和兴奋，至今记忆犹新。由于学校离家远，为了回家方便，那时最大的愿望就是多攒点钱买辆摩托车……

…………

后来结婚了，家安在城里，住进了宽敞舒适的楼房，家用电器一应俱全，也买了摩托车。2000 年，我如愿考进了现在的单位，摩托车又换成了环保电动车，而现在，作为70后的我，一名普通的中学教师，已经有了自己的汽车。

正沉思间，手机响了，原来是爹娘在家等着急了，自从几年前给爹买了手机，这80多岁的老头手机用得挺溜啊，心中窃喜，赶紧发动车子。

平整的柏油路一直铺到家门口，现在村里的大街小巷路面都硬化了，有的路旁还种上了桃树、梨树、山楂树、木槿花等好多绿化苗木。房子也越盖越漂亮，好多人家都盖起了两层楼。虽然现在家家户户都通了自来水，也有了专业的卫生保洁员把村子打扫得干干净净，可条件再好点的还是多去济宁微山买房了，村里的空房子也越来越多。

一和爹聊起家乡的变化，爹就激动不已。爹最常说的就是，做梦也想不到啊，过去的皇上也没过上这样的好日子啊！种地不交公粮国家还倒给钱，60岁以上的老人还领补贴，像爹娘这样80多岁的每年还有一次免费健康查体，家里电视、冰箱、洗衣机、热水器、空调都有……

爹的话匣子里想说的太多了，我看着爹娘一脸满足的笑容，心里最想说的就是：赶上了好时候，您二老就可劲儿地活吧！

# 最美的雨，下在 1987 年的秋天里

烦人的雨丝儿牵牵连连撕扯不断，从周五早上就开始下。

愁死我了。

这都周六上午了，还没个停的意思，老天爷心里这是憋了多少委屈啊？哭起来没完没了。再伤心能有此刻的我伤心？我人在教室心在家，眼看着黑板，却听不见老师讲的是啥，心里只有一个念头：放学的时候千万千万别再下了！要不怎么回家啊？

一上午度日如年，漫长的四节课，终于熬完了。看大门的王大爷准时敲响了放学的大钟。

原来无比动听的钟声此刻也没那么悦耳了，雨丝儿看起来细小了些，却还没停。

怎么办啊？

我和邻村的哲兰在宿舍里愁得大眼瞪小眼。

我俩是住读生，从村小幸运地考进乡里的重点中学，可只能一周回家一次。现在，上周日下午算计着带来的干粮都吃完了，身上一分钱也没有，也没有雨衣雨伞，而温暖的家还在十里之外。

还能怎么办？我俩咬咬牙：走！就是下刀子也得走！

用干粮袋子裹好书包捆在自行车后座上，从宿舍里推出这辆笨重的大金鹿自行车，出发！

推上校门口的公路，呼呼的北风裹挟着细密的雨丝儿一个劲儿地往眼里钻。踉跄着紧跑两步遛起车子，骗腿上去，车子歪斜了几下，差点摔倒，只能抓紧车把，凑合着慢慢骑。头发很快就湿了，顺着眉毛往下淌水，眼睛越来越睁不开，好在这一段是柏油路，路上的车子也不多，我俩挣扎着，顶着风，一点一点地往前挪。

五里柏油路，很快被归心似箭的我们征服，更大的困难又来了。

到我们家，还有五里的泥巴路。

这段路有三米多宽，晴天一身土，雨天一身泥。

开弓没有回头箭。娘做的香喷喷的饭菜已经越来越近了。

没有丝毫的犹豫，我们推着车子就拐上了这段回家的必经之路。

虽然早有心理准备，可真正走起来才知道到底有多难。连绵两天的秋雨已经把这段路下透了，黏黏的泥巴拼命地往车圈里钻。使出吃奶的劲儿往前推，走不了几步，前后车圈里就钻满了泥，再也推不动。我俩停下车子，两边瞅瞅，刚收割完的庄稼地里光秃秃的，整条路上只有我们两个人。我们扳着路边的杨树，一人折一段稍微粗点的树枝，回到车子跟前，蹲下去，慢慢地用树枝把塞满车圈的泥巴一点一点抠出来。抠得差不多了，再推着车子往前走，就这么走走停停，很快我俩就累得走不动了，满身的汗水和淅沥沥的雨水让单薄的衣服湿得透透的，紧紧地贴在身上，黏黏腻腻的难受。娘做的千层底布鞋也被泥巴糊满了，面目全非，鞋底也沾满泥巴，走几步就得抠抠鞋底，鞋子越来越沉，索性脱掉系在车把上，赤脚走，还利索点。这冷秋的淤泥可真凉啊，很快就把脚丫子泡麻木了，双腿像灌满了铅，抬不起来，饿得咕咕叫的肚子还跟着捣乱。

我俩都哭了。

脸上已经分不清泪水、汗水还是雨水。

感觉已经用完了全部的力气，可转头看看，我俩走了还没有十分之一。

真想狠狠心，把车子扔这里，不要了，直接走回家。

可哪舍得啊？这可是家里最值钱的家当！就这辆旧自行车，还是在南屯煤矿上班的姨父给我的。要是弄丢了，以后就只能走着上学了。

我俩喘息了一会儿，知道眼下只有一条路：往前走！

在和万恶的泥巴做斗争的时候，我们发现，后轮钻进去的泥巴特别多，最难弄，前轮相对好一些，我俩一合计，换个办法试试。

先把我的车子放一边，她推着她的车子，我在后面抓住车架子使劲儿往上抬，尽量让后轮不沾地，果然走得快一些了。累了，就歇一歇，把她的车子停好，抠抠前轮。

再回过头来，弄我的车子。这回换我推着，她抬着后轮，走到她车子跟前，再抠前轮，休息。

现在已经分不清到底是热还是冷了，只觉得身上出汗，却还冻得牙齿打架。

就这样，平时十多分钟的路程，又矮又瘦、又渴又饿的我俩用了两个多小时，终于挨到她村头了。我们也得就此分开，她往南走，我还得继续往西。

进了村里的路略微好走一点了，路边不时有散落的树叶和玉米皮，脑子里想着娘做的热汤热饭，好像有点力气了。咬着牙，继续往前，小心翼翼地让车轮尽量轧着树叶、玉米叶、柴草啥的，一点点往前挪。

终于看见我们村了，远远地看见村头上有个裹着雨衣的人往这边走，我抹了把脸上的水，停下车子，张着大嘴喘着粗气，内心无比盼着那个人能帮帮我。近了，近了，还没看清楚是谁，就听到了爹喊我的声音！居然是爹！真的是爹！真的是爹来迎我了！

没等到爹走到跟前，我就把车子扔了，啥都不管了，筋疲力尽、彻底崩溃的我号啕着往家跑，记不清摔了几个跟头，只记得一头冲进家门早就成了泥人的我，着实把娘吓了一大跳。

冲进堂屋门，一屁股歪倒在椅子上，我就晕过去了。

那年，我 12 岁。

…………

曾经，我恨死了这场雨，恨它折磨了我两个多小时，恨它差点要了我的命。

后来，哪怕身边的同学陆陆续续辍学，哪怕冬天踩着厚厚的冰雪，背着一周的干粮和书包步行去学校，哪怕春暖花开时手脚的冻疮痛痒难耐，夏天闷热的宿舍里蚊蝇肆虐，我依然咬牙坚持热桌子冷板凳地坐在教室里。用娘的话说：妮儿来，这么难的路你都走过来了，你还怕啥?!

是啊，随着年岁渐长，终于明白，这是一场最美的雨，它用柔软的挫折给我织就了坚硬的铠甲，让我在往后的人生路上英勇无畏。

# 魂牵梦萦三棵树

昨夜梦醒，又梦见了老家的大椿树。

打记事起，老家院子里就有一棵又粗又壮的大椿树，这棵大椿树，长得魁梧奇伟，腰围粗的一个大人都抱不过来，枝繁叶茂时，能遮大半个院子的阴凉。小时候，一到我的生日，娘就会擀一碗香喷喷的面条，再卧上两个荷包蛋，穷困年月里，这可是仅次于过年吃肉的第二美食了。好多次我眼巴巴地看着娘和面，一下下地揉，一遍遍地擀，看着面团慢慢地由软变硬再变成满案板的面皮，再被心灵手巧的娘折叠好一刀刀，切成宽窄均匀的面条，我肚子就开始催命似的叫唤。好容易把水烧开，盼到面条下锅，娘就一边下面一边嘱咐我：“妮儿来，抱抱椿树去！”我赶快跑到椿树跟前，一边抱着一边唱：“椿树王，椿树王，你往粗里度，我往高里长，你长粗了打嫁妆，我长高了穿衣裳。”抱完椿树，面条出锅，吸溜溜地吃着喷香的面条，心满意足地看着大椿树，再听着娘语重心长的嘱咐：“咱家的椿树可灵性了，你好好的年年抱它，一准能长高。”

后来在外求学，有好几年生日都不能在家过，及至年岁渐长，生日时的这种“例行功课”也就不再做了。所以我现在一抱怨个子不高，娘就说是我没坚持年年生日抱椿树的缘故。唉，椿树若有知，是否也像我一样满满的遗憾在心头？

我们兄妹两个，哥比我大 8 岁，爹“重男轻女”，娘就偏爱我。小时候，我一问娘椿树是谁的，娘就说是你的，等你长大了给你打嫁妆。我就很得意，哥偏说不愿意，我俩为此就常打架，娘就说，你俩一人一半，哥娶媳妇的时候用椿树打床，我出嫁就给我打橱子。我有意见：“那不行，他比我大好几岁呢，他得先娶媳妇。”娘又哄我：“把椿树伐倒了，给他打完床，接着就给你打橱子，打好橱子，就给你搁家里，让你天天看着。”我才同意。

那时候，就天天盼着椿树使劲儿长，椿树仿佛也明白我的心思，一开春，泛着紫红的嫩叶就迫不及待迎风招展，每天刷刷拉拉地唱着欢快的歌儿。要是来上一场春雨，它唱得更带劲了，越是下雨我越爱往椿树下面跑，它也撑开大大的树冠庇佑着我，让我开心地看那细细密密的水线顺着它粗大的树干往下流，看小蚂蚁怎样惊慌失措的躲来躲去。

盛夏时节，椿树下满满的阴凉地儿是我们最开心的游乐场。吃饭就端着大碗背靠着大椿树席地而坐，吃饱喝足，疲累的大人去午睡了，我们呼朋引伴的开始撒欢，在椿树下玩沙包、踢毽子、跳皮筋、弹溜溜球、呼元宝（四角）、玩天下太平、老鹰捉小鸡——一脸慈祥的大椿树默默地看着我们拌嘴儿、和好，再拌嘴儿再和好。

入了秋，满树的椿树翅果泛着红光，在绿叶间闪闪烁烁的煞是好看。小时候我还一直愤愤不平，这么好的椿树为什么叫臭椿呢？难道只是为了和那个营养丰富的香椿芽区别开？现在查阅资料，才知道臭椿原名樗（chū），是因为它叶基部腺点发散臭味而得名。它虽然臭，却是很好的绿化美化树木，还有极高的经济价值和药用价值，可以说全身都是宝，好多地方都尊奉它为树王呢。

厉害了我的大椿树！

后来，为了给哥娶媳妇，家里要拆掉老屋盖新房，院里要铺水泥地，爹就把椿树伐了卖了，哥也没用上椿树床。我大学毕业后在城里安了家，出嫁时都买的时兴家具，自然也没用上椿树橱子，可这棵大椿树却倔强地在我的心里扎了根，那么深，那么牢。

同时被伐的还有一棵碗口粗的楝子树。我最喜欢楝子树开花的时候，每年初夏，楝子树便悄悄地开花了，朵朵紫色的小精灵点缀在绿叶丛中，星星点点的真漂亮。每到这时，小院里就弥漫着浓浓的花香，沁人心脾，后来读的书多了，知道王安石在《钟山晚步》中这样写到："小雨轻风落楝花，细红如雪点平沙。"也知道梅尧臣曾这样赞赏楝子花："紫丝晖粉缀藓花，绿罗布叶攒飞霞。"还知道"始梅花，终楝花，凡二十四番花信风"，楝子花开，二十四番花信风结束，五天后，即5月5日，立夏时节就开始了。

楝花飘砌，簌簌清香细，一到这时候娘就常念叨几句顺口溜："家里穷的吃不上饭，俺上俺姥娘家过两天，妗子气得噘着个嘴儿，出来进去给脸儿看，妗子妗子你别瞅，楝子开花俺就走……"

现在想来，应该是楝子花开，夏天来到，青黄不接的苦日子就过去了。老家还有句俗谚："楝子开花吃燎麦"，这时候地里的麦穗可以用火燎着吃了。记得我小时候，特别爱吃燎麦，每次爹娘去地里干活，回来的时候就会拽几把麦穗，做饭时就着灶火燎，然后在簸箕里用力揉搓，再就着风簸掉麦芒后就可以吃了。那青色而饱满的麦粒，不老不嫩，带着点灶火的焦糊味，吃在嘴里忒香了。我这个馋猫每每从娘开始燎的时候就猴急猴急地等不及，时不时伸手抓一穗自己先搓着吃，吃到最后一准是乌漆抹黑的手爪子，再加上一个黑嘴头一张大花脸。

我知道，我就像最爱的大椿树和楝子树一样，枝叶在城里，根还在老家。白天，无论我怎样衣着光鲜地在城市里穿梭，骨子里，我还是那个离不开田野和麦香的农村妞儿，村后的泗河大堤，村西的小河沟，那些挖过的野菜，摘过的榆钱儿槐花，捉过的小鱼小虾，梧桐花香中满院的小鸡仔唧唧的叫声——经常在我的梦里不请自来，挥之不去。

除此之外，还有单位操场边上的一排合欢花树，也是我的心头之爱。

来到这个单位 18 年了，经常从操场边上来来去去，眼看着这些合欢叶绿叶黄、花开花落，竟然从未仔细欣赏过，只知道它叫绒花树，没想到它竟然还有个这么好听的名字：合欢！

初次知道它叫“合欢”，是从《甄嬛传》里。说是十七爷的凝晖堂种了合欢，后来看到宁嫔在落雨的树下捡拾合欢花，又知道合欢还有这么多功效，能够解郁安神，理气开胃，消风明目，活血止痛。后来，追完整部《甄嬛传》，合欢花，也随着那痴迷心碎的爱情一起走进了我的心里。

本学期当了新初一的班主任，这几天天天在操场上陪着学生军训，得以长时间近距离地仔细观赏这些合欢树。

这一排合欢树从东到西一溜儿排开，正好十棵，每棵树的直径约有二三十厘米，硕大的树冠像一把把大伞，遮住了初秋刺眼的骄阳，为人们带来大片阴凉。仔细看它，一树绿叶红花，翠碧摇曳，清风拂过，带些阵阵清凉，朵朵合欢花欣欣然晕出绯红一片，似含羞少女绽开的红唇，又如腼腆女孩羞出的红晕，真令人悦目心动，烦怒顿消。

合欢树的叶子，对光和热都很敏感，每到夕阳西下，一对对羽状复叶就慢慢靠拢，次日清晨才渐渐分开。在炎夏的午后，也有这种现象，但不如夜里的紧贴，所以又叫它夜合。古人有诗云：“夜合枝头别有春，坐含风露入清晨。任他明月能想照，敛尽芳心不向人。”

以前一直以为合欢花只开粉红色一种，百度了一下才知道，澳大利亚还有金黄色的合欢花。每年9月，金黄色的合欢花开遍全国，香飘四方，所以，合欢又被定为澳大利亚国花。

合欢花象征永远恩爱、两两相对、夫妻好合，难怪，宁嫔和甄嬛都那么念念不忘凝晖堂的合欢了。

只可惜“惆怅彩云飞，碧落知何许？”“总是别时情，那得分明语。”“不见合欢花，空倚相思树。”

想起了史铁生写的《合欢树》，文章自始至终都没有正面描述过这棵合欢树，只是借回忆之手，托他人之语，点滴交代合欢树的状况。不着一笔，却尽显风采，款款文字渗透着对母亲去世的悲伤之情和对母亲的真切怀念之心。

人生，总有那么多遗憾在心头。

此刻，我站在操场边的合欢树下，看着生龙活虎的学生们一丝不苟地跟着教官站军姿、队列操练，抬头看一眼湛蓝的高天，嗅着合欢淡雅的香甜，想着大椿树和楝子树，轻声告诉自己：认真把握每一个当下吧，莫给人生留遗憾。

# 梦中的泗河

昨夜，又梦见了儿时的泗河。

记忆中，小时候的泗河是那么的宽阔、清澈。几十米宽的河面，碧绿的清波漾着细碎的光影，一圈一圈的涟漪蓄满诗情画意，是我们心中最美的“大海”。

特别是又热又闷的夏天，我们每天都要到泗河里点个卯，玩上半天，河边有大片浅水区，是半大孩子们嬉戏玩耍的地盘，最喜欢光着小脚丫踩在细细的沙滩上，清澈的河水漫过脚面，漫过膝盖。我们故意把脚抬得老高，踢带起一溜儿水帘，调皮的阳光眼馋得不行，也加入我们的游戏，在我们荡起的水花中跳来跳去，在我们的脚趾缝里晃晃悠悠，看我们不带它玩，气得噘着个嘴儿，故意把我们晒黑。晒就晒吧，黑就黑呗，我们才不在乎呢，只管互相往小伙伴身上撩水，嘻嘻哈哈的笑声顺着河面流淌，惹的好奇心特别强的小鱼儿钻来钻去，想打探点儿什么消息，却总是不小心落入我们捧起的掌心里。

有时候，玩够了，就在泗河里推螺蛳，我们方言管螺蛳叫“窝了牛”，用家里的纱窗自制小纱网，两边绑上木棍儿，溜着河边，蹲着身子贴着水底往前推，不大点工夫就能推到好多。一边推，一边还唱着村里流传的顺口溜："馋嘴猴，吃窝了牛，一口咬住大舌头。吃不够，找他舅，他舅拿棍往外揍。姥娘心疼妗子瞅，再也不当馋嘴猴……"

我最喜欢的是摸河蚌，在浅水区里，细沙滩上，慢慢地轻轻地走，弓着腰仔细找寻，只要看见平整的沙面上有凹下去的小小的漩涡，叉开手指伸下去，十有八九就能抠上来一个大大的河蚌，只要有足够的细心和耐心，总会收获不菲。记得有一次，我和后院的香菊一起去摸河蚌，我俩只用了小半天的时间，就摸了满满的一化肥袋子！结果太沉了，我俩抬不动，还是我在河边看着，她跑回家叫来了她爸用小推车推回家的。

回家把这些河蚌养在压水井旁边的大池子里，滴上几滴香油，让它们吐干净泥沙，仔细挑出河蚌肉，切成细丝，用辣椒蒜瓣一炒，真是无上的美味！可惜那时候只知道好吃，没想过疼惜河蚌，今天想来，心疼不已。可转念又一想，万物各有归宿，它们鱼虾蟹蚌成为人间美味，未尝不是上天的安排，为人类做了贡献，有人为它写下赞歌，也许就是它们最好的宿命。

我们还把洗干净的完整的河蚌壳做成玩具，就是在河蚌壳里放上几颗玉米粒，边缘用医用胶布粘牢，轻轻一晃，哗啦哗啦响。虽然粗糙简陋，但在那物质缺乏的贫穷年代里，却也给我们带来了许多的快乐。

从泗河边到大堤还有一段距离，靠水的这边有大片芦苇，还有好多知名不知名的野花野草，"杜若含清露，河蒲聚紫茸。"只是我怕蛇，一直不太敢往草丛里走。靠近大堤的这边就是庄稼地，我们有时候在这里割草，割得差不多了就开始在河堤根上掏洞烤火弄些吃的，有时候偷点鲜玉米，有时候烤点花生、毛豆，最难烤的是地瓜，香菊干这个最拿手。她会靠着斜坡掏一个大点儿的洞，找些长条的细石横在洞上，地瓜就放在石条上，再把我们捡来的枯枝落叶放在下面烧。烧上一会儿，外皮烤焦的地瓜就散发出诱人的香气，我们往往等不到再烤熟一点，就心急地要吃。这时候的地瓜经常是靠外皮的一点有着熟透的黄糯，里面还是生硬生硬的，我们依然吃得无比香甜，哪管它半生不熟，个个吃得满嘴黢黑，还要趁人不备把黑黑的手爪子往别人脸上抹，然后大笑着得意地跑开。

吃饱喝足喽，就琢磨着玩啥游戏。那时候的泗河大堤顶上路面只有窄窄的三四米宽，行人稀少，两旁粗壮的大杨树把这段大堤打造成了绿色长廊，是我们游戏的好舞台。

我们在大堤上玩老鹰捉小鸡、丢手绢、跳房子、砸沙包，还玩过一次演戏，那是从南王庄古戏台刚看完《穆桂英挂帅》没几天，我们几个人就玩这个。分角色的时候剪子包袱锤，第一个赢的人演穆桂英，啥都没有仅会几句唱词的几个小丫头片子，第一次在这样的舞台上，在清风野花的陪伴下，凭着看戏的印象，自编自导自演了53岁又出征的女英雄的故事。

我们虽然没有人家孔老夫子“浴乎沂，风乎舞雩，咏而归”的高雅情趣，但也是童心烂漫田野，童乐染绿春风，未尝不是大自然中一道靓丽的风景。

可惜这些，只能成为永远的回忆了。

现在村后的这段泗河，风姿不再，由于水量的逐年减少，两边庄稼地的步步进击，使原先几十米宽的水面瘦身到只有十几米宽了。唉，每每站在大堤上和细瘦如绳的泗河聊天，我都特别郁闷：为什么你瘦身这么容易，我减个肥就那么难呢！

前几天又去看泗河，正在修整的泗河大堤上热闹非凡。挖掘机、压路机轰鸣着把这里变成了繁忙的工地，市里要把原先的河堤加高加宽，把原来堤顶的泥巴路修成双向四车道的柏油大道，北连岚济路，向南可以直通微山湖的某个码头。

似乎，我该为交通的便利感到欣喜，可看着眼前的泗河，却忍不住忆起往昔。河畔青芜堤上柳，梦中的泗河啊，何时能再见你当年美丽的容颜？

# 酒醉微山湖

季节的素手一点点抽滤出草的青绿，仿佛，只一盏茶的工夫，冬至就到了。先是无情的白霜漫上枯黄的草尖，接着，连夜赶路的雪就来了，这洁白吉祥的小鸟站满枝头，繁华隐退，山峦静卧。

你说，正好，“绿蚁新醅酒，红泥小火炉”。

浅浅斟，细细品，一杯清酒慰风尘。

酒，当然必须是微山湖酒。

只有这壶酒，爽口绵软，甘香醇厚，百喝不厌。一伸手，就倒出了浓浓的乡情。

时光的步履，碾过几程山，蹚过几程水。你也没有停下追逐梦想的脚步，由意气风发到了知天命之年，如你爱喝的微山湖酒，由玻璃瓶到瓷瓶，愈经岁月风霜，愈朴实厚重回味悠长。

你说，所有的行走都是为了把杯盏中的浅钩圆润成一轮朗月。

就像今夜。

我们坐在阳台上，湿漉漉的天幕好似冬日的微山湖面，月明风瘦，我读诗，你品酒。

一壶酒，就这样，清冽在他乡与故乡之间。

我轻轻地读：白日放歌须纵酒，青春作伴好还乡。

一下子摁开了你的话匣子。

你给我聊起老屋旁的紫地丁、芨芨草，说起凤凰台，千顷湖光中的微子墓，说起石魂汉韵，还有清代李含蕊写的《微山碑文》，张良墓。聊起铁道游击队，我俩不约而同，哼唱起：西边的太阳就要落山了，微山湖上静悄悄……

聊起芦苇荡，你说那次去河北的时候，看见曹妃甸的芦苇，立马就想起了我们微山湖的芦苇。作为中国北方最大的淡水湖，我们微山湖国家湿地公园可是亚洲最大的草甸型湖泊湿地，每年深秋时节，万顷芦花摇曳生姿。站在高高的观景台上，极目远眺，枯黄坚劲的苇秆上芦花飘雪，湖风拂过，白浪翻卷，似微山湖张开热情的怀抱欢迎八方宾朋，耳畔再听着《弹起我心爱的土琵琶》，想象着英勇的湖区人民穿梭在苇荡，扒火车、搞机枪、炸桥梁，像钢刀插入敌人胸膛，太来劲了！快哉！美哉！

当然美了。

她们是从《诗经》里款款走来的，裙裾带风。

她们有那么美轮美奂诗意盎然的名字：蒹葭。

我说应该是在一个深秋微凉的时节吧，白露凝成的霜花打湿了少年的心。那个白衣飘飘袍袖飞扬的少年伫立秋水之畔，深情的双眸穿透雾霭，热切地望向心上的姑娘，可惜心上人却在秋水的另一方。

那位款立水涘的女子，纤纤素手当如凝脂霜雪；灼灼明眸是那汪沉碧秋水；飘飘衣袂，翩然欲飞。彻骨的相思，让这位少年清瘦如一枝芦苇，一任漫天飞舞的芦花，与晨露白霜一起，轻轻地，晕染着这抹清愁……

你说，太感人了，可是我们不要这样。

还是人间烟火气，最抚凡人心。

我说起我们微山湖四个鼻孔的大鲤鱼、孝鱼乌鳢、麻鸭、松花蛋、咸鸭蛋，菱角、芡实、莲蓬……

我说每次领着学生读汪曾祺先生《端午的鸭蛋》这篇课文的时候，都想把我们湖里的咸鸭蛋和他们高邮的比一比。我们湖里的咸鸭蛋，也是筷子头一插下去，“吱——”地一下，亮汪汪香喷喷的黄油就冒出来了。

我说那天淅沥着小雨，我忽然想吃莲蓬，你二话不说，穿上雨衣骑上自行车就出去了，找了两个市场，才找到一家卖莲蓬的摊位。你如获至宝，买了一大袋，兴冲冲地回到家，衣服都湿透了。

又说起我吃菱角不会剥壳，每次，都是你用刀把煮好的坚硬的菱角从中间切开，然后，把一个个白嫩的菱角肉小心地挤出来。你费半天劲儿弄一小碗，我两分钟就吃得精光。

你一脸宠溺地笑话我：“从小就是个吃货。”

我白愣了你一下：“那你还喜欢？”

你慢慢抿了一口酒，看着我的眼睛说：“当然喜欢，因为我也是吃货啊。我想吃娘做的辣炒河蚌了，想回老家陪父亲好好喝两杯。他喝了一辈子的微山湖酒，还想回湖里摸河蚌。”

岂止是你？我也想了。

莹洁的月色把往事领回家，回忆，在夜渐渐低下去的呢喃里，越陷越深。

村子在“日出斗金”的微山湖畔，我俩打小儿就在河汊湖湾里扑腾，捞鱼、捉虾、摸河蚌、推螺蛳，都是手到擒来好玩又实惠的游戏。

最喜欢的，还是到清清的浅水洼里摸河蚌。

河蚌必须得用手摸，它们不像那些调皮捣蛋的鱼虾，明目张胆地在水里游来游去，直接挑衅我们身手的敏捷度。大部分河蚌都比较低调，喜欢在水底泥沙中潜伏着，考验我俩的眼神和耐心。

我俩才不怕呢，有的是时间和它耗。小时候除了穷，最不缺的好像就是时间，大把大把的漫长夏日等着我们呢。

那一次，我俩一块摸河蚌，你选了块浅水滩，清凌凌的湖水刚刚没过我们的膝盖。说好分头行动，一个往东，一个往西，我慢慢弯下腰，把小眼睛使劲儿睁到最大，在软软的沙滩上搜寻着拇指盖儿大小的漩涡眼儿。看见一个凹进去的小漩涡，岔开手指插进去，往里一攥，感觉到硬邦邦的，抬起手，一个大大的河蚌就安安静静地躺在手心里，成了手下败将。

我俩还比赛，看谁找得多。

比了一会儿，我都逮住十几个大河蚌了，你才摸出来四个。我挺纳闷：别看你就大我两岁，平时你可能干了，是捞鱼摸虾的行家里手，今儿个怎么了？

再弯腰摸河蚌的时候，我留了神，收回一门心思专注寻找河蚌的眼睛，转脸儿一撇你，你正怔怔地看我呢。

“哎，你不找河蚌，看我干吗？”

“你比河蚌好看！”

没想到你会这样说，我立时羞红了脸，捧起水就往你身上泼，你在水洼里跳来跳去地闪躲，像一只灵活的泼皮猴。

我俩玩闹够了，才又认真摸起河蚌来。

暮色牵着鸟鸣回家的时候，我俩满载而归。

满满的化肥袋子里，几十个大河蚌噘着嘴十二万分不情愿地被我俩抬回了家，放进压水井旁的水泥池子，用清水养上，又撒了两把盐，好让这些可爱的笨家伙们吐净泥沙。过个两三天，我这个小馋猫就可以打牙祭了。

两三天后，母亲把养好的河蚌拿出来，动作娴熟地左手握紧河蚌，右手拿小刀由河蚌的出水口处刺进去，撬开蚌壳，掰开，完整无损的蚌肉就一览无余了。

灰黄色的蚌鳃直接抠掉扔了，河蚌背后的泥肠比较难弄，要用剪刀戕开，一点一点耐心地仔细冲洗。

剔好的蚌肉还要用盐再揉搓几下，有一些狡猾的赖皮黏液会渗出来，等把它们彻底冲洗干净，这时候的蚌肉鲜嫩晶亮，颜值超赞。

母亲把丰盈厚实的蚌肉切成细条儿，热油起锅，撒上花椒大茴葱花爆香，蚌肉条倒进锅里翻炒熟透，加上红红的朝天椒、绿绿的薄皮椒、白白胖胖的蒜瓣儿，装盘上桌，这香喷喷的辣炒河蚌二里地外就能把我的馋虫勾出来。

你比我能吃辣，为了照顾我，你总是让母亲先放绿辣椒炒微辣，给我盛出来一多半之后，再让母亲多放红辣椒，我俩就一盘绿一盘红，每次，你都吃的大汗淋漓，连说过瘾！

你说河蚌不仅好吃，营养价值更高，含有蛋白质、钙、磷、铁、多种维生素，和其他营养物质，对人体有很好的保健功效，能滋阴平肝、明目防眼疾呢。

怪不得你眼神那么好，知道喜欢我。

我打趣你。

你说，那当然了，知道我为什么最喜欢吃河蚌吗？因为它是珍珠的摇篮。而你，就是我的珍珠。

你说，它和咱们湖里的莲花一样，出淤泥而不染，浑身是宝，还把自己的全部都无私奉献出来。

你的话，在蚌壳上一圈一圈晕染成诗，在我的心湖里熠熠生辉。

大地慢慢垂下沉重的眼皮。

月醒着，风一脸娇羞，也醒着。她伸出纤手撩一下夜的衣襟，露出了万千思念，安静恬淡地停歇在你的杯中，和微山湖酒一样，浓郁，绵柔，入心。

你说，走南闯北这么多年，各种各样的酒喝过不少，最爱的，还是这杯家醅。

那当然了，这杯酒，可是用胸怀十万亩慈悲的微山湖水浸泡，佐一份湖区人民的坚强勇毅，一份博大宽厚，一份淳朴赤诚，一份热情好客，一份坦荡磊落，一份谦逊感恩，一份湖风荷韵，再加上一份李太白用他的才情豪气举杯邀来的皎洁月辉，精心酿造出来的。

我不会喝酒，都醉了。

# 深情的白菜花

一株小小的白菜花，静悄悄地开在我家窗台上。

它的出现，也算偶然。

那天洗碗，一不小心，一只深口蓝花瓷碗碰到水池边，碗边豁了个明显的小口儿。正想随手丢掉，转脸儿，看见菜板上孤零零地躺着刚才切剩下的一段白菜根，就随意地把它搁到这个瓷碗里，接满清水，放到窗台上。

没几天，就看见清水浸泡着的白菜芯里长出一层一层嫩芽，一个个枝杈伸展开来，越长越高，小小的枝丫上结满星星点点的浅黄花苞。

我又浇了几次水，不多久，它就开出了嫩黄的小花。

每朵小花都有五个花瓣，黄灿灿、毛茸茸的花蕊娇小稚嫩，像刚刚出世的婴孩般可爱，睁着纯洁的眼睛，好奇地打量这纷杂红尘。这小小的白菜花虽然没有牡丹的高贵、玉兰的淡雅、迎春的张扬、桃花的娇艳，却也用自己独特的淡淡清香，为大自然的妩媚，点缀出一丝春的温馨气息。

看着看着，眼前的点点黄蕊摇曳着甜蜜忧伤的乡愁，穿透洁白的思绪，偕我的心一起回望。

百蔬之中，最爱白菜。

以前没有温室大棚的穷苦年代，每当诗意的露水邀来萧索的白霜，好脾气的金风换成呼啸的北风时，一棵棵茄子辣椒伤心地走了，一株株西红柿失神地离开，高高的豆角架无奈撤掉，枯黄的冬瓜秧仓皇逃离……那些青葱可爱的兄弟姐妹们都走光了。只有一棵棵白菜，仍然在菜畦里倔强地站立，在冷风里彼此守望着，一场又一场的清霜历练着它们，它们越来越沉默，越来越成熟稳重，丰富内敛。

白菜，是漫长而又苦寒的北方大地上最后一片风景。

它憨厚低调，朴实无华，或炒或炖或腌，不挑剔、耐储存，是北方饭桌上，家家户户最常见最离不开的心头爱。

哪怕门外西北风满街乱撞，大片的雪花翻过低矮的旧土墙闯进院子，把院里的鸡鸭鹅狗都冻得找不着北。只要母亲在黑亮的铁锅底下点一堆旺旺的柴火，切一截葱段两个干红的辣椒，炒一盘醋溜老白菜，熬一锅玉米粥，一家子盘坐在炕桌旁，幸福的笑纹便荡漾在每个人的脸上。

特别是过年的时候，要是能吃上一碗五花肉白菜馅饺子，这个年就能称得上圆满。

因此，每年秋天，父亲都要一丝不苟地种白菜。

父亲先将地里杂草清理干净，把地平整好，土尽可能翻松。先做好一小垄菜畦，挑来河水把它灌得饱饱的，晾到半湿不干，再把白菜籽均匀地撒在菜畦里，菜籽上面还要盖一层细沙子，尽量保持沙子潮湿。过个三五天，菜籽就暴嘴了，刚爆出来的小菜芽嫩黄剔透，特别好看。等小白菜的根部钻出两三片绿油油的小叶子，一棵棵白菜就被小心地挖出来，带着一点点的黏土，移植到旁边早就备好的垄沟里。

面对分离失散，面对陌生环境，白菜们不怨天，不尤人，不喧哗，不张扬，只把自己善解人意的心紧紧包裹着，默默适应，默默生长。根，努力向下扎；叶，使劲儿向上张。

等白菜们的身量长到一定程度的时候，父亲就会用一根根细细的稻草绳，把它们娇嫩的身体，一个个捆扎起来。即使被捆缚住，白菜们也不紧不慢不急不躁地顽强生长，它们的青春华年在捆缚中依然丰美，它们执着地抱紧内心的洁白，抱紧一层层的青绿，也抱紧一层层的阳光雨露，更结实更丰腴地越站越稳，慢慢走向成熟。

等内蒙古的雁群从辽阔的草原起飞，穿越万水千山，庄严地飞向温暖的江南，高亢自豪的鸣声洒满田野，撩拨着好奇的麦苗奋力地从泥土中探出头来，和一路向南的雁阵挥手告别的时候，父亲就准备把一颗颗结实饱满的白菜往家领了。眼红嫉妒的北风一个劲儿捣乱，嗖嗖地往父亲的棉衣里钻，父亲还是忙得满头汗。他小心翼翼地弯下腰，有时直接蹲着，用锋利的砍刀一下子砍断白菜和大地的脐带，手起刀落后，父亲像抱着刚出生的儿子一样，把一颗圆滚滚胖乎乎的大白菜紧紧地抱在怀里，轻轻拂去大地母亲恋恋不舍的泥土，再温柔地拍拍白菜娃娃，嘴里怜爱地安慰着：别不舍了，咱该回家了哈，家里暖和。

父亲把一颗颗白菜抱上地排车，码放整齐，仔细绑好，腰弯成弓，奋力拉回家。再把这些乖巧的白菜娃们齐刷刷地排在屋墙根，让倾心暖人的太阳用饱经沧桑的手指挤去它们外层幼稚的水分，看它们的小脸由稚嫩转为沉稳，父亲就把它们一个个搬进西屋的新家，给它们盖上暖暖的稻草帘子。

至此，白菜们无私奉献回报人间的温暖故事就正式拉开了序幕。

有时，为了贴补家用，父亲也会忍痛卖掉一些白菜。

想起了那个清冷的冬日，脑子里装着闹钟的长尾巴公鸡刚叫过三遍，母亲就把我推醒，让我和父亲、哥哥一起去赶大集卖白菜，我赖在热乎乎的被窝里不想出来。母亲说，你不想喝粥吃油条了？我猛然惊醒，热油条诱人的香味儿似乎就在眼前，忙一骨碌坐起来。母亲给我穿好厚厚的棉袄棉裤，扎好小辫儿，把我抱到院子里，放到地排车旁边，一阵冷风吹到身上，我一激灵，刚才还迷迷糊糊，一下子清醒了。父亲绕着地排车，前前后后仔细检查，昨天就装好的白菜都乖乖地待在车上呢，父亲好像还不放心，又使劲儿拽拽捆白菜的绳子，确定没有问题，说了声，好着来，走喽，赶集去喽。

父亲在地排车中间，驾着两个车把掌舵，我和哥哥一边一个拉偏绳，顶着朦胧含蓄的月影儿，拉着满满一车白菜，吃力地走在弯弯曲曲的乡间小道上。父亲和哥哥走得快，我小小的脚步总是撵不上他们，必须得溜溜儿地小跑才勉强跟上，累得我上气不接下气，绳子几乎就是个摆设，大部分时间都是弯着的，一点劲儿也使不上。即使这样，才过了两个村子，额头上就开始冒汗，身上也黏腻腻地湿潮，冷风一吹，额头冰凉，说不上是热是冷，真难受。赶大集喝热粥的兴奋消耗得差不多了，我累得一步不想往前走，拖着哭腔问父亲："还有多远啊？怎么还不到啊？"父亲一边弯着腰拉车，一边喘着粗气安慰我："快了快了，你数着点儿，再过两个村子就到了。"啊？还得过两个村子？那么远啊？累死我了，真不想走了，刚想耍赖，忽然想起没法耍赖，一是昨天晚上是自己为了喝粥吃油条死皮赖脸非要跟着来赶集，而且拍着胸脯保证能拉车不掉队的；二来想坐车上也不行，满满尖尖的一车白菜，根本没地儿坐，父亲和哥哥已经拉得很费劲了，也没脸说坐车上；掉头回家吧？更不行，天还没大亮，到处黑漆漆地吓死人，没人送我，只能自己走回去，况且，热乎乎香喷喷的油条还没吃上呢。唉，算了吧，想来想去，只能屎壳郎垫桌子腿儿——咬着牙硬撑了。

好在，正义勇敢的太阳爷爷慢慢赶走了黑暗，天色越来越亮，路上开始有一个两个行人了。

终于，到了最难走的泗河大堤下面。

父亲停下车子，直起腰来，用棉袄袖子抹了抹额头上的汗，看着高高的河堤，粗声说，先喘口气，歇一歇。

累得东倒西歪的我一屁股坐在冰凉的地上。

一步都不想挪了，恹巴巴的，像霜打的茄子。

父亲看了看无精打采的我，鼓劲儿说，马上就到了哈，上去河堤就是集，很快就能喝粥吃油条了。

真的？我有点不相信，又看了看一旁看热闹的哥哥。

真的。哥哥很坚定地点点头："咱爹还能拢你？"

应该是真的吧，堤上堤下来来往往的人明显多起来了。

我一下子来了精神，咕噜站起来，拍拍屁股上的土，拉起绳子就开始催促："那还不快走？还磨蹭嘛？"

父亲搓了搓手心，往两个手心里吐了口唾沫，用力扶好车把，弯下腰，使劲儿蹬着地，坚定地吐出一个字："走！"

因为是大上坡，这回，我可是使出了吃奶的劲儿，和父亲哥哥一样，腰弓成大虾，低着头，脸快贴到地面了，咬着牙往上拉，绳子隔着棉袄紧紧地勒住我的右肩膀，肩膀火辣辣地疼。车子缓慢地一点点往上挪，不争气的汗又出来了。快到堤顶的时候，任凭我们爷仨使出全力，车子似乎冻僵了，一动也不动，就在这个紧要关头，忽然听见旁边有个男的大声说："哎哎，过路的老少爷们儿搭把手，给人家推推车子来！”话音刚落，我就觉得地排车猛然轻松许多，大家一鼓作气，把车子拉上了堤顶的平路。

父亲停下车子，三四个大叔模样的人从地排车后面走过来，父亲连声道谢，我一边擦汗一边吁吁地喘，刚才应该就是他们帮忙推车的吧？我无比感激的目光追随着他们远去的身影，父亲果然没有骗我，前面不远处，人潮涌动，应该就是集了。

来到集上，父亲找了个稍微宽敞的地方，把车子停好，细心地解开绑白菜的绳子，哥哥刚拿出称来，就有两三个人围过来，询问价格。

这是个靠近湖边的渔民村，百姓生活多以打鱼和水产养殖为主，不种地，我们鲜嫩的白菜就特别好卖，这也是父亲舍近求远赶这个集的原因。

父亲和哥哥忙着称白菜算账收钱，我在旁边看着车子上的白菜一颗颗减少，既高兴白菜卖得快，我可以早点去喝粥，又讨厌这些买菜的乱扒白菜叶。可惜挡不住，只能心疼地把买菜人扒下来扔地上的白菜叶子一片片捡起来，放进地排车里。

日头穿过冬天的冷寂，爬过屋顶和最高的树梢，一车白菜还剩最后几颗，我的肚子咕噜噜叫唤起来。

父亲让哥哥带着我先去喝粥吃油条，他说把最后几颗卖完再去。

那热腾腾稠乎乎泛着麦香豆香的白粥，真香啊！哥哥刚端过来放桌上，我就迫不及待地下了口，吸溜一下，烫得我龇牙咧嘴，哥哥幸灾乐祸地取笑我：“馋猫！”我白愣他一眼，伸手夺过他手里的热油条，大口大口吃起来。

等我俩吃饱喝足找到父亲，父亲已经把剩下的几颗白菜卖完了，正收拾地排车。我自觉地爬上车子，坐在一堆白菜叶子旁边，父亲调转车把，拉着我，哥哥在旁边扶着车子走着，我得意地眼馋他捞不着车坐，他时不时伸手挠我两下，车子在我俩的打闹中稳稳地原路返回。

下去河堤，父亲问我，粥好喝不，油条好吃不，下回赶集还来不。我开心地坐在颤悠悠的地排车上，脆生生地嗷一嗓子，大声地说："来！"

我这才想起来父亲还没去喝粥呢，就问父亲怎么不去喝粥吃油条，父亲说，家里你娘做好饭等着咱呢，花那个钱干啥？省点钱好供养你俩上学。

父亲的话，像我躺在地排车上，看见的白云一样轻，轻得北风伸手一抓，就能抓散抓走。

又像我们来时拉的那车白菜一样重，重得我必须使出全力记住；那几句话，像白菜扎根泥土一样，扎啊扎，一直扎进我的心里。

让我在此后每一天，老老实实地面对书本，不敢偷懒懈怠。

…………

那是我第一次跟父亲赶集卖白菜，那年，我10岁。

此刻，坐在宽敞明亮的客厅里，看着青瓷大碗里这颗小小的白菜，片片清白淡绿的叶子一脸温柔，朵朵鹅黄的白菜花，好像父亲慈爱的眼睛，闪烁着浓郁馨香的深情。

# 俺侄儿

“什么时候到我这里来视察视察啊？我好带你们各处转转。”

手机震动，打开微信，看到俺侄儿再次发出邀约，眉梢眼角自动上扬，虽然窗外蝉声聒噪，心内却清凉如水。

打开手机相册，看着这个身高一米七八、穿着硕士服、自信阳光地站在山东大学校门前的学生党，已经正式成为一名上班族了，真是感慨万千：“宗之潇洒美少年，举觞白眼望青天，皎如玉树临风前。”

天哪，这还是那个鼻涕邋遢天天就要一毛钱的俺侄儿吗？

回忆漫溯，点滴上涌。

俺侄儿 3 岁的时候，坐着邻居家俺大嫂的三轮车走亲戚，没想到在村子东边的一座小石桥上出事了。俺大嫂刚买的三轮车，骑车技术也不熟练，为了躲避迎面而来的机动三轮车，竟然撞到了石桥豁口上，连车带人骑到了距桥面五六米深的河水里，可把俺大嫂吓坏了。好在当时正是夏天，桥两边地里干活的人多，听到喊声都七手八脚的过来帮忙，神奇的是，三轮车竟然稳稳地飘在了河面上，俺侄儿还在里面坐着安然无恙！大家齐心协力把他们捞了上来，那条河少说也有两三米深，现在想想我还觉得后怕呢。

糗事颇多。

俺侄儿属猴，小时候，机灵可爱，特别招人逗。按说大家格外高看他一眼才对，可我印象中俺侄儿像个泼猴儿似的，满街乱跑。他娘儿个上街，街坊邻居经常看见的是，俺嫂抱着4岁多的闺女，2岁多的俺侄儿一旁扯着妈妈的衣襟，屁股一扭一扭地跟着走。

他两三岁的时候，天天必说的一句话就是："奶奶给我一毛钱！"每天一次，也不多要，就给他奶奶要一毛钱。要钱的时候，有时候会有鼻涕流出来，他就用袖子一抹，特别是冬天，右边的半截袖子分外的锃光瓦亮。接过一毛钱，就屁颠屁颠地往小卖部跑，过不多会儿，就看见他一脸得意地从小卖部出来了，要么手里拿着两块糖，要么一手高高举着一长条果丹皮，仰起小脸张着小嘴接着吃，还吃得吱喳儿响。

俺侄儿四五岁的时候，有一次，好多人在他家大门口乘凉。他手里拿着一瓶健力宝，得意扬扬地从家里出来，正想在大家面前嘚瑟着打开喝呢，恰巧村里有名的"红娘"从家门口过，"红娘"名叫"大铁儿"，专门在十里八乡的说媒，现在还没退休呢。邻居三哥就逗他："东哥，你别喝了，赶紧巴结巴结大铁儿去吧，他好给你说媳妇，要不巴结他，你长大喽就没人给你说媳妇啦，你连个媳妇都娶不上。"他一听就信以为真了，赶紧举着健力宝就给那个"大铁儿"送去，彼时"大铁儿"已经走过去老远了，他屁股左扭右拧地在后面慌慌忙忙地追，这边一群大人哈哈大笑。

也算学霸。

俺侄儿是在管区联校上的小学，聪明伶俐、调皮捣蛋这些词语用到他身上都挺合适。属猴的那些优点他也算都有，在班里能稳坐头把交椅。

初中，把他弄到了我们学校，在我眼皮子底下过了3年，自然是中规中矩，虽然成绩偶有波动起伏，但整体上还能扎根第一梯队。最让我郁闷的是，这小子数理化都很好，唯独不爱学语文，不爱阅读写作，每每考试成绩最差的就是语文，这让身为他语文老师的我情何以堪！

波澜不惊地考上邹城一中之后，除了语文成绩依然如故不理想，其他科目都还可以，我去给他开过一次家长会，班主任对他评价也不错，苍天抬爱，让他顺利考上大学。

俺侄儿大学期间开始谈恋爱，两个孩子互相鼓励，齐头并进，先后考上研究生，俺侄儿更是考进了山东大学！成为我的骄傲！今年夏天研究生毕业，两人又在同一座省会城市，考进理想的单位，在经历7年的爱情长跑之后，即将步入婚姻的殿堂。侄媳妇儿温婉贤淑，秀外慧中，来到家里抢着干活，“爷爷奶奶”叫个不停，深得家人喜爱，真心希望他俩一生幸福！

歌唱达人。

俺侄儿自小就擅长唱歌，少年窈窕何能贤，扬声高歌音绝天。现在嗓音浑厚，更是“麦霸”，前段时间我们一起去K歌，他的一曲《不忘初心》荡气回肠，艳压全场。

烹调新秀。

成为上班族的俺侄儿现在热衷下厨，炒辣子鸡、炖猪蹄、煮肘子啥的都做得像模像样，真没想到这么帅气潇洒的俺侄儿还是一枚居家暖男：已见风姿美，仍闻艺业勤。洗手做羹汤，温暖贴心人！

俺侄儿心地良善，特别孝顺，三两天就给爷爷奶奶打个电话，嘘寒问暖，手里有点钱就往他爷爷口袋里掖；为人重情重义，同学好友一抓一大把；既有属猴人的乐观、灵性、活泼，又有着水瓶座男生的博爱知性。那个“身经百战打头阵，惩恶扬善心如佛”的猴哥是多少人心中的英雄，俺家的这枚猴哥虽然没有齐天大圣那样的本事，可从一个农村娃儿一步步走到今天，在我心中，却也是个响当当的人物。

余生安好！我最亲爱的大侄儿，帅哥吕亚东。

# 我家的姐妹花

徐明泽是我侄女的女儿，属小胖猪的，现在 2 岁 4 个月了。长长的黑睫毛盖住水汪汪的大眼睛，白嫩的小脸蛋，配上红嘟嘟的樱桃嘴，妥妥的大美女，洋娃娃似的，总是让我看不够。

一声奶香娇气的“姑姥姥”，就把我的心萌化了。她喊不太清楚，听起来像是“布姥姥”，太可爱了。

她打小就不穿袜子不下地，好像早就知道中医讲的，“寒从脚上生”一样，一年四季都穿袜子。喝奶的时候，晚上睡觉的时候，还让大人把脚丫子包起来。

我问她：“徐明泽，谁是咱家的小可爱啊？”她故意说：“调皮的奶奶是小可爱。”嫂子问她：“你喜欢姥姥还是喜欢姑姥姥？”她答：“都喜欢。”大眼睛忽闪忽闪地看看我：“喜欢姑姥姥。”又看看嫂子：“也喜欢姥姥。”嫂子又追问：“姥姥最好还是姑姥姥最好？”这小人精两边都不得罪：“都好都好！”

她姥爷故意板着脸不理她，她就跑到我怀里说：“我和姑姥姥、老姥姥是好朋友，不和姥爷是好朋友。”

夏天午后，我带她们去泗河大堤上看新修的大桥，父亲非要到大桥底下去看看，我不让他去，觉得桥底下又脏，蚊子又多，他不听，倔绝地走下去了。徐明泽就大声说：“老爷爷你要讲道理，不讲道理的不是好孩子，你得听话。”那一本正经严肃认真的样子太治愈了。

这小萌宝特别的聪明，《三字经》能背好多页了，唐诗会背好几首了，儿歌童谣也会不少了。玩过家家游戏的时候，自己扮演多个角色，可有创意了，时不时地迸出奇思妙想。

这个2岁4个月的小丫头可爱劳动了，看见我扫地，颠颠地跑过来，抢过扫把就扫地，比扫把高不多少的小人儿，扫起地来一板一眼挺是个样儿。我和母亲闲谈，说往水缸里接点水不，母亲说不用接，反正现在自来水管里24小时都有水。本来在一旁专心致志玩着玩具的徐明泽，放下玩具就往外走，我追出去问她：“干吗去啊宝贝？”她头也不抬地往水桶边走说：“我帮老姥姥提水。”哎哟我的小乖乖，太感动了！

早晨起来，我在院子里洗衣服，她蹲在我旁边夸我：“姑姥姥，你真勤劳。”一会儿又拽拽我的衣服：“姑姥姥，你的花裙裙真好看。”这小嘴甜得哟。下一句就是：“我帮姑姥姥洗衣服。”还没等我允许呢，两只小手就插到水盆里开始扑棱，扯住衣角往水里摁，小屁股一翘一翘地使劲儿，脸儿憋得通红。

小丫头性别意识极强。知道自己是女生，买衣服一定要带米妮图案的，不要带米奇的，自己的玩具娃娃都分成男生和女生，男生一堆女生一堆；换衣服前必须要爸爸出去，爷爷去房间换衣服了，她去爷爷房间知道敲门问一声：“爷爷，你换好衣服了吗？我可以进来了吗？”

她特别热情好客，会关心人，去她家里做客，她会问我：“姑姥姥，你们晚上住在哪里呀？你们住我家吗？”吃饭的时候会让客人：“姑姥姥，你要多吃点，好长高高。”吃香蕉的时候会问：“老爷爷你喜欢吃香蕉吗？我喜欢吃香蕉。”吃鸡蛋的时候告诉我：“姑姥姥我不喜欢吃鸡蛋黄。”表达喜欢我的方式，就是吃饭让姑姥姥喂，不让妈妈喂。表达对老爷爷的喜欢，是用自己的小头抵着老爷爷的头，再用小手在老爷爷的头上抚摩一会儿。

妈妈给她买的医生看病系列玩具，她每天拿着听诊器给家里人看病，摸摸额头，听听肚子，量量体温，给这个说你没有问题，给那个说有点小问题，多喝水吃点药就好了。

最爱看《小猪佩琪》和《彩虹宝宝》，每次见面都会特别郑重地给我介绍她的家庭成员，说爷爷是猪老大，奶奶是猪老二，爸爸是猪老三，她自己是猪小五。还煞有介事地一再告诉我，她和她的小表妹吕润雨是亲姐妹。

吕润雨是我侄子的女儿，四个月了，胖嘟嘟的石家庄市民。藕瓜似的小胳膊一节一节的，白嫩嫩圆乎乎的小脸彰显着省会人民生活的富足。前三个月特别乖巧，吃饱睡，现在心眼儿越来越多，吃饱睡足喽就开始探索人生。有时候躺在床上手舞足蹈，自娱自乐，有时候更喜欢趴着，高昂着小头左顾右盼，黑葡萄似的大眼睛对一切都充满好奇，滴溜溜地寻找着一切好玩的事物，肉乎乎的小手努力抓取眼前的玩具，抓不到就皱起眉头，好似在认真研究：这是个啥呢？怎么这么不听招呼？

开心的时候“咯咯咯”地咧嘴就笑，不高兴就哇哇大哭，简单、纯粹真性情！什么都敢于尝试，抱着自己的小脚丫，啃着大脚趾，吭得好香啊！

我的小可爱吕润雨，快点长大一些吧，想听你奶声奶气脆生生地叫我“姑奶奶”啦！

这一对姐妹花，怎么都爱不够。

既盼望她们快点平安健康地长大，又希望她们能够在可以无拘无束地表达自己最真实想法的美好的童年世界多待一会儿。

孩子的世界，永远让人向往。

# 一树东风怜海棠

周末回家，在老村里闲逛。

村里建设得越来越好，街巷齐整，绿意盎然，一蓬蓬冬青参差错落，不时可以看见一树洁白的梨花，或者几枝粉红桃花疏条横斜。

远远地被一树紫红吸引，快步走过去，居然是西府海棠！在煦暖的东风里开得正艳。

这棵海棠坚定地站在这家大门北侧，正是一名尽职尽责的哨兵，在忠心耿耿地为主人守护着宅院。碗口粗的枝干在距离地面约五十厘米处分成两枝，恰似一个“V”，朵朵紫红张开四瓣小嘴，和东风私语着什么，不时被东风的甜言蜜语逗笑，忍不住轻摇花枝。

和这树海棠的活泼热闹相比，紧锁着的大铁门就显得冷酷多了。铁门上的红漆已经斑驳，好像很久没人住的样子。我知道现在村里年轻人大多出去打工，很多都闭门锁户，这不奇怪。

这是谁家呢？怎么都想不起来。

回到家里，和爹娘聊起那家人的情况，没想到居然问出一个悲情故事。

那居然是兰成家。

兰成比我小几岁，初中就辍学外出打工，结婚后生了个儿子，扔给父母看着，两口子依然在外面忙碌，不常回来。孩子在老家慢慢长大，爷爷奶奶溺爱，管不了，不好好学习，初中毕业就考了个青岛的啥职业技术学院，刚去上了一年多，结果和同学们喝酒喝多了，晚上从宿舍楼上栽下来摔死了。兰成爹娘受不了打击，年前年后相继去世。兰成两口子把门一锁，就再也没回来，这都快两年了，村里也没人见过他们。

在娘满怀心疼怜爱的述说中，我眼前恍惚看到了少年兰成生龙活虎的身姿，看到他眨巴着惊喜的大眼睛，远远地给我打招呼："红姐，啥时候回来的？"

在爹娘的唠叨中，我知道现在村子几乎成了空心村，有近一半的大门常年紧锁，只在过年的时候回来。有混得好的就在城里买了房，慢慢把孩子接出去。条件不够的就只能是小两口在外面打工，把孩子放在老家交给老人看管。

确实，我在街上溜达的时候，看到很多爷爷奶奶看孩子。

作为一名老师，我深知隔代教育的弊端，可是，又有什么办法呢？

走在街上，看到那些在奶奶的吆喝声里满街乱跑的孩童纯真无邪的双眼，我的心隐隐作痛。

再次路过兰成家门口，那树海棠依然在东风中绰约，我却觉得，点点紫红，都是心上血。

# 情思更比柳丝长

“嗯嗯，您就放一百二十个心哈，今年保准回去。”

小义连声答应着，放下电话。

离清明还好几天呢，小义的母亲就打电话来，催促小义回家给爷爷奶奶上坟。其实，就算母亲不打这个电话，小义也要回家的。

两年没捞着回去，他想老家了。

最近几天，小义老是梦见爷爷奶奶。

打小义记事起，爷爷忙活完一天的农活，晚上这顿饭，就想泯上两口小酒。家里穷啊，奶奶舍不得从牙缝里匀出一大家子本就拮据的穿衣吃饭的钱来，让爷爷打酒喝，哪怕一小杯散酒只卖两毛钱，奶奶也心疼，爷爷就哼哼唧唧，说浑身疼，没力气，第二天起不来没法下地了。

奶奶经不住爷爷的软磨硬泡，每每都是嘴里嘟噜着，骂爷爷是酒篓子，左手就撩起衣裳大襟儿，右手从缝在衣服里面很深的布兜里，磨磨蹭蹭地掏出一个看不出什么颜色的小布包，小心翼翼地一层一层掀开，从最里层仔细地找出一毛两毛的纸币来。小义早就候在一边，忽闪忽闪的大眼睛紧盯着奶奶的手，作为家里的长孙，去小卖部给爷爷打酒是他的专利，因为开小卖部的二爷爷心情好的时候，打完酒，会让他脆生生地喊上几嗓子“爷爷”，再让小义张大嘴，捏给小义一指头白糖吃。

就这一指头白糖，能让小义从小卖部甜到家，高兴一晚上。

等小义打来酒，爷爷早就拿出了他心爱的二胡，调好弦，慢悠悠地泯上两口酒，一脸陶醉地闭上眼睛，咿咿呀呀的二胡声就在小村的大街小巷游走。

那时候还没有电视，爷爷的二胡声一起，三三两两的村民就像听见了召唤令，陆陆续续走拢来，聚集在小义家场院里，有自带小板凳的，有蹲着的，也有的直接拽把柴火往地上一铺，往小义家大柳树上一靠，就盘腿坐地上了。大人们听会儿二胡，聊会儿家常，调皮的小孩子就在人群里钻来钻去，打啊闹啊，闹够了再去捉迷藏。

小义最喜欢的是春天，不大的村子里，随处可见泡桐树和槐树，淡紫色的泡桐花一开，满村飘香；槐花开的时候就更好了，整个村子都是甜甜的，槐花饼子槐花汤的香味从家家破旧低矮的厨房里一个劲儿地往外钻。

巴掌大的小村庄浸透了香甜，月亮婆婆也馋得早早挂上树梢，爷爷的二胡拉得更加卖力，村民们东家长西家短谈得也更热闹，不时迸发出阵阵爽朗的笑声。大柳树下，孩子们开心地捉迷藏、跳方格、剪子包袱锤，玩得不亦乐乎。

爷爷不仅会拉二胡，还会织网撒鱼。一有空闲，爷爷就会扛起他的渔网，去泗河里撒鱼。

村子就在泗河边上，村后就是泗河大堤。爷爷去撒鱼的时候，小义总会屁颠屁颠跟着，他是爷爷的好帮手，爷爷把网拉上来，小义就麻利地帮着爷爷把网里的鱼虾捡进鱼篓。

鱼篓也是爷爷自己编的。爷爷心灵手巧，在泗河堤下央了好多柳条，爷爷把长长的柳条砍回家，用水泡透，编成筐子、篓子、篮子，留下送亲戚的自用的，其余的就拿到集上卖。

因为爷爷的勤劳能干，小义家买了村里第一辆自行车。

小义第一次坐在父亲的自行车上走亲戚，高兴坏了。专门让父亲在村子里转一圈，他得意地坐在大金鹿的横梁上，把车铃摇得震天响。小伙伴们羡慕得眼珠子都快掉出来了，小义差点把两条小细腿翘到天上去，像打了大胜仗的将军，高傲地把下巴颏儿抬到云层里。

父亲把大金鹿推上泗河大堤，再让小义跳上横梁，车把上挂着两盒糕饼、两包白糖，母亲坐在后座上，紧张得不敢说话。

小义倒一点不紧张，只觉得新鲜兴奋。两三米宽的泗河堤面，都是泥土路，两旁粗大的柳树形成一道绿色的屏障，堤面上长满各种野草野花，柔和的春风抚动树叶，哗啦啦地唱着欢快的歌，小义真想就这样一直走着，一直走下去。

每每从这样的梦里醒来，小义都洇湿眼角。

一晃几十年过去了，爷爷奶奶都已故去，埋在了泗河堤下。

自己也已成家立业，扎根省城，成了开车上下班的机关工作人员。

周六一大早，归心似箭的小义就带着老婆孩子踏上了回家的路。

一路驱车，下了高速，从临荷路拐上泗河大堤，眼前看到的景象让小义惊叹不已。

虽然早有心理准备，虽然父亲在电话里一再告诉他，泗河的堤顶路修好了，可以直通湖区呢。

可真正开车走上这新修好的堤顶路，小义还是像做梦一样。

眼前的泗河大堤比记忆中高了好多宽了好多，两旁没有了粗粗的大柳树，全是新栽的春柳在风中欢迎。宽阔平整的柏油路上，标线清晰，人行道和车行道之间的隔离绿化带里，矮矮齐齐的冬青、团团簇簇的红叶石楠、迎风绽放的紫荆和樱花层次分明，错落有致。

哪里还有儿时大堤的影子？

小义一路感慨。从大堤舒展的缓坡拐上去村里的路，也是宽阔的柏油路。父亲早在村头迎候，跟着父亲的脚步，小义缓缓地把车停在家门口。

看着小义惊诧的表情，父亲自豪地说："咋了？你这两年没回来，村里变化大吧？"

"大。真大。"小义激动地说。

"我得赶紧去村里转转。"

清明节上午，煦暖的春阳下，小义带着精心准备的东西，一大家子来到爷爷奶奶的坟前。

上香，摆供，献花，磕头。

上香的时候，小义就泪挂两腮，开启了话匣子："爷爷奶奶，你们没福气，没看到咱们现在的好日子啊，今天孙子给您二老好好絮叨絮叨。咱村里大街小巷都铺上柏油路了，房子也越盖越漂亮，好多人家都盖起了两层楼。家家户户都通了自来水，也有了专业的卫生保洁员，把村子打扫得干干净净。您二老以前常念叨的桃树、梨树、苹果树、山楂树也不稀罕了，街上栽了好多，现在种地不交公粮了，国家还倒给钱，60 岁以上的老人还领补贴，您二老要是还活着，每年都能免费健康查体，咱家里冰箱洗衣机热水器空调都置办全了。"

"爷爷，您爱喝酒，可惜以前咱家没有好酒，您也没喝足，今儿个孙子给您带来了好酒——咱济宁长沟的义之缘酒，爷爷，您就敞开了喝个够！”

一旁，绿油油的麦苗伸开嫩嫩的腰肢，含笑频频点头。

远处，泗河大堤上黄黄绿绿的柳条儿招着小手，泪水，模糊了小义的眼睛。

# 突然想念蒋苏宁

一只小白兔定格在那段青葱而又晦暗的岁月，成为我心头永远无法抹去的记忆。

——题记

## 1

“哎哎哎，你们快来看啊，这儿有一只兔子！”

蒋琳像发现了新大陆似的突然大叫起来，她兴奋的叫声把正百无聊赖，东扯葫芦西扯瓢的武宁和我吓了一大跳，我俩一愣神，对视了一眼之后不约而同地看着蒋琳脱口而出：“哪儿呢哪儿呢哪儿呢？”

顺着蒋琳手指的方向，我们真的在墙边开得正艳的蔷薇花下面一个不起眼的角落里发现了一只小白兔。我们小心翼翼蹲下去，三个小丫头片子以迅雷不及掩耳之势迅速地把它包围起来。仔细一看，我说它怎么不跑呢，原来它的两条后腿都断了，不能动弹，不仅脏兮兮好像还病恹恹的，很像之前无精打采的我们，就那么懒洋洋地看着我们仨，一动不动。“这儿怎么会有一只兔子？它怎么受伤的？我们怎么处置它？”白白胖胖大圆脸，留着齐耳偏分不等式蘑菇头的蒋琳连珠炮似的问题把我和武宁都问愣了，是啊，这里怎么会有一只兔子？

这里是济宁城里古槐路上高楼环绕中的几间平房，我们的临时高考补习学校就蜗居在其中。彼时，我们仨都是“我本有心向高考，奈何高考爱他人”的可怜的落榜生，被无情无义的高考一脚踢到了大学门外，又被望女成凤有情有义的爹娘送到了这里，开始了我们枯燥灰暗的高四生活。许是可怜我们这些不幸落榜的熊孩子，几位想发挥余热的退休老教师办了这个袖珍补习学校，说是学校，其实就我们一个班，五六十个学生，我们的口号是：一切为了高考，只开文化课，没有任何娱乐活动，只有一群曾被高考抛弃而今满腹愤懑委屈，各种不服不甘心，整天想着报仇雪恨、光宗耀祖的我们，在几个兢兢业业的老爷爷老奶奶的带领下，和各种书本战斗着。生活除了压抑就是无聊，因此，同是天涯沦落人的我们仨很快就对上了眼，成了惺惺相惜的好朋友。每天两节课之间20分钟大休息一起上厕所，散散步，聊聊天就成了我们唯一的放松时刻，算是我们暗无天日的高四生活中唯一的娱乐活动。

今天，蒋琳的这个意外发现让我们久已麻木的精神振奋起来，大家立即决定，现场马上召开紧急会议，仔细研究这只像我们一样可怜的兔子，武宁认为应该先给它取个名字，大家一致赞成，紧急磋商的结果是为了纪念我们仨的友谊，每人从自己的名字中贡献一个字组成小兔子的名字。因为是蒋琳最先发现的，自然跟她姓蒋，我是老二，就把我名字中间的“苏”字送给它，武宁最小，就用她名字中的最后一个字，会议最终给它定名为“蒋苏宁”，这个问题解决了，会议的第二大议题是：

蒋苏宁怎么办？

是啊，我们的蒋苏宁怎么办？

## 2

现在的蒋苏宁可怜兮兮地趴在满墙盛开的蔷薇花下面，静静地等待着我们的处置。短暂的沉默后，武宁说：“我们不管它是怎么来的了，我们就想想它到哪儿去，谁能把它带回家养着？”

这回我先表示：“我是从农村来的，把它带回我农村的家养着是绝对没问题，问题是我现在寄人篱下借住在亲戚家，怎么敢把一只来路不明脏兮兮、病恹恹、还断了两条腿的兔子带到亲戚家干净整洁的楼房里去啊？”接着她俩也表示家里也都住楼房，妈妈肯定不让养，那怎么办？难道就让我们的蒋苏宁在这里自生自灭吗？那怎么行啊，现在它是我们的，我们不能不管它。我说：“可惜今天不是周末，我不能回老家，要是谁能把它养到周末，我就可以在周末把它带回农村老家了。”聪明的蒋琳大眼睛一忽闪：“有了，我姥姥家有院子，可以先把它养在我姥姥家，等周末你再带回家养着。我们以后想它了还可以去你家看它，也正好到你农村的家去玩。”这个主意太棒了！一致通过！

我们的蒋苏宁有着落了，大家都松了一口气。

## 3

武宁说：“不能让蒋苏宁老饿着啊，咱们得给它找点吃的。”

对对对，赶紧给它弄点吃的，说不定它已经饿坏了呢，可是，到哪儿去给它弄吃的呢？

这是一条僻静的巷子，巷子的尽头是露天公厕，两边是平房和围墙，虽然这家的围墙上开满了粉嫩粉嫩的香香的蔷薇花，可蒋苏宁应该不吃这些叶子和花吧？在这个到处是水泥路面的地方，到哪儿去找蒋苏宁爱吃的胡萝卜和青草呢？

不管怎样，我们总得找找吧？

说干就干，我们仨分头行动，仔细搜索路边的犄角旮旯。功夫不负有心人，就在我们每天上厕所的必经之路上，在一个墙角真的发现了几棵长着肥头大耳的叶子的草，怎么以前我们就没注意到呢？

这种草我们都不认识，我们的蒋苏宁能不能吃？

蒋琳和武宁一齐把热切的目光投向了我，期待我这个资深农村女孩能给出满意的答案。

关键时刻咱可不能掉链子，绝对不能给咱贫下中农丢脸，得让这两个城里妞见识见识我这个农村妮的厉害，反正她俩也不认识。想到这里，我先心虚地清了清嗓子，故作高深地干咳了一声，然后掐了一片叶子，像我们村的老中医一样把那片叶子放到鼻子底下，装模作样地闻了闻，脑子里一面高速运转着：“这家伙叫什么呢？给它起个什么名呢？”脑子里灵光一闪，有了！我故作恍然大悟似的对她俩说：“我想起来了，这是车前草，还是个治病的药材呢，蒋苏宁一定能吃！”她俩一脸崇拜地看着我，还愣着干什么，赶紧拔呗。

我们把这几片叶子放在蒋苏宁面前，拍拍它的小脑袋嘱咐它说：“蒋苏宁乖，乖乖吃草，乖乖趴在这儿别动，姐姐们要去上课了，原谅我们不能把你带到教室里去，你在这儿乖乖地等我们放学回来，就带你到姥姥家去啊！”

交代完蒋苏宁，我们仨一步三回头地回到了教室，我想她俩肯定和我一样，头一次觉得这两节课这么漫长这么难熬。那个满头白发的老奶奶写了满黑板的英语单词，可我怎么看怎么都像蒋苏宁期待的双眼，终于心神不宁地熬到了老太太说：“Class is over。”如获大赦的我们相互对视了一下，心领神会地立马以最快速度收拾好书包就往外冲，我们要去看蒋苏宁！

## 4

我们心急火燎地冲到蔷薇花下，顿时傻眼了，我们给蒋苏宁拔的草还在，可蒋苏宁却不见了！

是的，我们的蒋苏宁不见了！

我们仨立马分头寻找，连厕所的蹲坑里都找了，也没找到我们可怜的蒋苏宁。

大家都很伤心，各种后悔，又各种祈求：但愿我们的蒋苏宁是被好心人抱走了，这个人像我们一样爱它，他们家一定会照顾好蒋苏宁的！

我说：“只要我们好好的，我们的蒋苏宁就一定会好好的！”

此后，蒋苏宁成了我们共同的牵挂，也成了我们高四生活里除了高考以外永恒的话题。每天课间大休息上厕所，路过蒋苏宁突然出现又突然消失的地方，我们都要默默地站一会儿，闻闻以前从没心情闻的花香，抬起头来看看高楼环绕的这片天空，顿时觉得心中充满了力量。谁都不提蒋苏宁，可我们知道，我们都想它，想这只突然出现在我们的生活中又莫名消失的兔子。

忘不掉曾经憧憬过的画面：广阔的天地间，我们仨，一只洁白的小白兔，卸掉所有心灵的负累，我们的自由，我们的幸福，像拂过脸庞的风儿一样柔软，像禾苗上摇摇欲坠的露珠一样晶莹。

七月，火热的高考终于到来了，那被泪水一次次腌过的梦，终于有了圆满的结果。

蒋苏宁，夏天又如约而来，在这个午夜梦回的时刻，突然想你，很想很想。

# 冬天，想念一树梨花

大雪未雪。

还有几天，就冬至了。

降温的消息越过低矮的院墙，砸进老家忧郁空旷的小院。安静的瓦楞上，几根枯黄的衰草放弃了挣扎，任由冷风拿着锋利的刀子，一点点切割过往纷乱的记忆。靠近东墙的枣树枝头，还有几颗干瘪的枣儿死死抓住母亲瘦骨嶙峋的臂膀，不肯撒开，如同，对你的想念，一刻也不肯停止。

我攥着露从今夜白的美好，攥着绕床青梅酿成的美酒，在村子里游走，目光里倒进去温柔的色彩，努力寻觅着你的气息。

昏黄的太阳仿佛怕人们看出她因相思哭红的眼睛，故意拽过来许多雾霭遮挡，上起班来也无精打采，和一群懒洋洋的老人们守在土墙根闲话家常；北方旱烟的味道历经几多沧桑，长着一张沟壑纵横松弛的脸；河岸上的落叶，杨树的残柳混杂在一起，不分你我。

村庄越来越瘦，一座又一座老宅闲置，有一些屋子里住着留守的亲人。一个又一个年轻人从窄窄的街巷走到异乡，不想回头。不用回头，我也能看得见他们心中装满故乡的山水浮在岁月里的背影。

那一格一格打在窗棂上的阳光，就是一本点名册。

第一个，就是你。

告别无声，想念，也沉默。

默念着你的名字，轻轻悄悄走到你住过的胡同，努力放慢脚步，唯恐，踩疼了那些走丢的光阴。

一脸严肃的大铁锁双唇紧闭，没有一点问候故人的意思，看来，也不希望有人打扰小院的安宁。

其实，无须进去，我对这里每一寸土地的心跳，每一声清脆的鸟鸣，每一阵风的耳语，都那么熟悉。

尤其是，那棵无数次钻进我诗行的大梨树。此时，只有深闭的大门，檐下没有呢喃的燕子，也没有雨打梨花。

但这树梨花，它每一瓣白色的火焰，都在我心上灼灼燃烧，从未熄灭。

比起红艳的桃花，梨花用她暖色的洁白栖落进我俩心里，还记得那个月夜，你轻轻摘下一朵，连同白色的情怀浅黄的心事一起递到我的手上，在鲜嫩翠绿的时光之河里，蓬勃生香。

以至于，每次读到“梨花院落溶溶月”“还怕掩，深院梨花，又作故人清泪”这样的诗句，眼眶总会氤氲潮湿。

此时，是冰冷的冬日，寂静的小院里，依稀看见几只小麻雀在梨树沧桑的枝干上啄食太阳细碎的金丝。

皱纹爬满老屋的墙壁，墙角的蜘蛛网，仿佛在纠结着，是不是应该把陈年旧事和盘托出。

我哑然失笑。

那时候的冬天，可比这会儿冷多了。冷冽刺骨的寒风追逐着寒风，满胡同乱窜，我们的小手冻得通红，可心里却揣着火炉似的，热腾腾暖乎乎。你把精心叠好的元宝分给我一半，陪我玩，我输光了，耍赖，你就把所有元宝都塞我怀里，坏笑着说，逗你呢，本来就都是给你叠的。

我拙手笨脚，不会缝毽子，不会缝沙包。你只比我大一点点，却那么心灵手巧，每次，都是缝两个，还得让我先挑。我俩在胡同里踢得满头大汗，玩得热火朝天，踢毽子比赛的时候，你也总是让着我，眼看着要超过我了，就故意踢错，装作接不住的样子，每次，都输给我。其实，我知道，你的水平比我高得多。

后来，你说，你就喜欢宠我，喜欢看我赢了开心地笑，我一笑，花就开了。

踢累了，你会带我数屋檐下那一长溜冰凌儿，那些参差错落晶莹的乡野童话，和你讲的故事一起，在我心里生根发芽，蔓延出青青的叶子，长满整个童年贫穷却快乐的时光。

等村西边小河里的冰厚得足够承载我们的笑声了，你会带我去滑冰。我胆小，不敢往里走，你总会先往里走，蹦啊跳的给我看，努力验证冰层的厚实，确定没有问题，再过来小心翼翼地牵着我的手，耐心地看着我一点一点往里挪。

我们在冰上打呲溜滑，我总会不小心摔倒，其实，母亲把浓浓的爱絮进厚厚的棉袄棉裤，还有笨笨的大头棉鞋，摔倒一点都不疼，可我总大呼小叫，就喜欢看你紧张兮兮跑过来问我疼不疼的样子。偶尔，手摁住冰面，冻得通红，你就抓住我的手，放在你嘴边，哈气吹啊吹，还使劲儿搓啊搓，给我搓热。

你还会在板凳腿上拴上绳子，让我坐上去，你弯着腰涨红了脸拉着，在冰面上跑啊跑啊，你就是这样跑进我心里的吗？

最开心的，是下雪的时候。

雪花是最好的号令，第一片雪花一飘，屋里的孩子们就坐不住了，满街乱蹦，张张小脸都抬得老高，一双双热切盼望的眼神恨不得长成钩子，直接长到天宫里，把瑶池里贮存的雪花一下子都钩下来。大大小小的鞋子放肆地亲吻着雪花们，不再顾忌母亲一针一线点灯熬油辛苦做好的棉鞋，心软的母亲只能把已到嘴边的责骂硬生生地咽回去，等这些淘气鬼们上了床钻进温暖的被窝，再把他们的棉鞋放到火盆上烘烤。

我俩自然也是撒欢大军中的活跃分子，跑够了跳累了，雪厚实了，你就提溜出铁锨来，开始堆雪人。你说堆的是我，我嫌丑，连踢带踹把它弄倒，你就再堆，直到我放弃破坏。我知道，在我面前，你有足够的耐心。

只是没想到，短暂的童年那么容易和蒲公英一起，被风吹走。

长大后的我们，人生轨迹渐行渐远。

各自隐忍人间，奔波劳苦。

回忆轻薄如蝉翼。一截枯枝蜷缩在墙角，脆弱，无力。

此时，盼望着突然起风，能够吹来你的消息。

不知，远在他乡，历经繁花丰腴秋储冬藏的你，在生命的跌宕起伏之后，是否，也如村西小河边的芦苇一样，依然能从折断的骨头里，一点点寻找生机？

在这清寒的冬日，是否，也像我想念你一样，脑海里缱绻一树梨花？

稀薄的炊烟渐次升起，不必将挂念细细辨认，所有能想到的美好，都属于你。

你说过的那句话，我一直记得：我们，永远是，异父异母异姓的亲姐妹。

每个字，都和温润平和的月色一起，皎洁在美丽的梨花瓣上。

永远开在我的心底。

# 守　望

“这烦人的老天，一大早就耷拉着个脸。”秀娘一手端着碗，一手从碗里抓出一把麦粒撒给两只圆滚滚胖乎乎的黑鸡。

本来挨挤着趴在鸡窝门口的黑鸡，看见地上有食儿了，立马一摇三摆地跑过来啄食，秀娘一看鸡们吃得这么欢实，又来气了，冲着鸡就唠叨：“就知道吃！就知道吃！你就还这一个心眼儿是不？等哪天孩子们都来喽，说不定就杀了你！”

后面那句话秀娘倒没说错，这鸡本来就是打算初二闺女来的时候杀的。谁料想初二闺女没来成，鸡也就没杀，秀娘恐怕鸡们饿瘦掉了膘，天天好吃好喝地侍候着。

冲着鸡们嚷嚷完，秀娘觉得心里畅快多了。抬起头，四下里看，天还是雾蒙蒙的，阴冷潮湿，自来水龙头旁边的歪脖子枣树支棱着干枯的枝条，在薄雾中无精打采。几只蹲在树枝上跳来跳去的小麻雀叽叽喳喳地开会，正商量着怎么下来偷吃鸡食。

“看来这回天气预报说准了，今儿真得下点雨。按说也该下雨了，再五六天就到雨水节气喽，你看这一冬天也没正儿八经地下场雪，再不下点雨，真的干死了。”秀娘撒完碗里的麦粒，转过身对坐在走廊上的秀爹说。

80多岁的秀爹懒洋洋地坐在躺椅上，穿着厚棉袄厚棉裤还觉得不暖和，腿上又盖了个小棉被。平时有太阳的时候倒用不着，这是个四间平房的大走廊，孝顺的儿子知道爹娘爱晒暖儿，盖新屋的时候特意把走廊盖宽敞一些，还用铝合金都封上了，只要太阳一出来，走廊里就成了温室，比点炉子都暖和。

可今儿是个阴沉的大雾天，走廊里就显得特别冷，这里视线好，能够看清小院里的角角落落。爹娘都爱坐在走廊里，看看天，看看鸡，看看小麻雀终于忍不住了，趁着秀娘转身进屋的工夫，扑啦啦冲下来，抢地上的麦粒吃。

秀爹坐那里看着热闹，本来没想吱声。听秀娘说到节气，就接了话茬："可不是快到雨水了，今儿都正月二十一了，这眼看着就快出正月了，也不知道二月二闺女能来不。"

秀娘随手拿个小马扎，靠着秀爹坐下来，也是八十多的人了，不经累，站大会儿就腿酸。随手帮秀爹往上拽拽棉被，叹了口气："唉，咱有什么法吔，闺女忙着呢。"

秀娘说的这些，秀爹何尝不知道。闺女有上进心是好事，忙完工作忙家里，唉，不来就不来吧，反正闺女天天都给打电话，家长里短地扯闲篇儿。家里也啥都不缺，有吃有喝的。

秀爹还是觉得心里空落落的不自在，叶老恋根，人老恋亲。越老越恋孩子们了。家里平时就老两口，哪次闺女儿子、孙子孙女一回来，秀爹都比过年高兴，提前几天就盼，到孩子们回来那天，一听见大门口有汽车声儿就赶紧出去看。

孩子们都孝顺，互相商量好，这个不来那个来，隔三岔五地不断流，秀爹一直也没觉得特别想得慌。特别是闺女，自从买了小汽车，基本上两个星期一准来一趟，这七八年了都这样。

秀爹已经习惯了。

可这回，闺女怎么这么长时间没来了呢。

虽然都天天打电话问长问短，可日子长了，秀爹心里还是长了草似的，哪哪都不舒服。

“要不再给她打个电话问问，工作上还是家里出什么事了没？”秀爹越想越烦躁，忍不住又咳嗽起来，觉得胸闷气短。秀娘赶紧起来拍拍背，忍不住埋怨：“给你说叫你搁床上躺着，别起别起，你就是不听，这感冒刚好，可别再冻着喽，要不你还是去屋里躺着吧？”

“躺什么躺！再躺就没气了！”秀爹气哼哼地说：“我这会子觉得憋得难受，是不是快不行了？要不给闺女打个电话，叫她们都回来，见最后一面吧。”

秀娘又气又怕：“你胡说嘛也，村里医生都说了，你就是个感冒，又不是肺炎。人家相面的也说过，你得活到九十多，你这才86来，还有好几年活头呢，别胡说八道！再说了，给闺女打电话，她要能来不早就来了，亏你还是党员来，净给闺女扯后腿。”

说归说，秀娘还是犹豫着拿起了电话：“妮儿来，干吗呢？”

“娘，我没事，单位组织学习，还得考核，等我忙完这两天，就回去看你们。俺爹没事吧？”

“没事没事，俺都好着来，家里也啥都不缺，你就放心忙你的吧。”

“没事就好，娘，俺领导过来了，我先挂了哈。”

挂断电话，秀摁了呼叫铃：护士，12床这瓶点滴打完了，麻烦换一下瓶。

…………

# 刘二嫂“绝食”

刘二嫂在床上躺了溜溜儿一天了，眼瞅着太阳晃晃从西墙根爬到东山头，就是不想动，浑身没劲，也不吃也不喝，整个人彻底成了霜打的茄子——蔫儿了。

刘二哥看着翻来覆去在床上烙饼的媳妇，一脸心疼：“我说，你还是起来吃点吧，快一天没吃饭了，我专门给你擀的鸡蛋面条。”

“吃什么吃！你就知道吃！没胃口！”刘二嫂眼皮没抬，咕噜一下翻个身，脸对着墙想心思去了。

刘二哥知道媳妇的脾气，没敢再劝。倒不是刘二哥本性窝囊，实在是对自已的媳妇佩服得五体投地，甘拜下风。

说起这刘二嫂，年轻的时候也是十里八乡的一枝花，虽然大字不识几个，却心灵手巧，学嘛会嘛。家里地里都摆弄得利利索索。进门给老刘生了一儿一女，如今两个孩子都靠自己的本事在城里安了家，平时隔三岔五地开车回来看看，也挺孝顺，可这年刚过完，刘二哥觉得大城市里的钱还是好挣一些，又想出去打工，二嫂能不心烦？

媳妇因为啥烦心，一个锅里抹勺子过了 20 多年的刘二哥能不明白？自己的媳妇打年轻的时候就泼辣能干，是个说话不饶人的话茬子，村里有名的“机关枪”，谁要是不小心惹了她，她的嘴非把这个不知道好歹的突突闭气才算完。会吵架也会劝架，听见吵架的就兴奋，别人都想躲，她偏往前凑。每成功地劝和好一回，刘二嫂都像打了胜仗的将军一样，在家里能兴奋好几天。

能说会道爱操心，刘二嫂也是村里红白事上的大红人，她也不负众望，啥事都安排得头头是道，任谁都挑不出理儿来。

论说话，刘二哥是媳妇的“铁粉儿”。刘二嫂说起话来都是一套一套的，像什么“鼓不敲不响，理不说不明”“碾谷子要碾出米来，会说话得说出理来”“灯不亮，要人拨，事不明，要人说”“水再大漫不了船，手再大遮不住天”“不摸锅底手不黑，不拿油瓶手不腻”“要知父母恩，怀里抱儿孙”……

因为刘二嫂这性格，她家自然成了村里的新闻中心，她是当仁不让的新闻部主任兼首席发言人。村里的大事小情：谁家要娶儿媳妇了，谁家的西瓜再几天就该出棚了，连那谁谁赶集的时候在谁谁的屁股上捏了一把了……刘二嫂没有不知道的。

可这回刘二哥要走，刘二嫂心里狗抓猫挠似的，一百二十个不得劲儿，以前他和村里的那帮年轻人一起，走就走了，二嫂没觉得有啥，这次有点不一样，眼瞅着二哥年纪越来越大，二嫂不由得担心他的身体，怕他在外面没有知冷知热的人照顾，吃不好喝不好的，不想让二哥再出远门了。其实二哥也不想走，孩子们都在城里买房了，二哥觉得趁自己还能干得动，再多挣点钱，补贴一下孩子们，尽力帮孩子们减缓点压力。不走吧，待在村里，目前又没啥挣钱的好法子，不能光靠国家给的种粮补贴吧？

昨晚两口子就这个事商量来琢磨去，没达成一致。

二嫂心里烦。不想吃饭。

刘二哥心疼媳妇，老这样不吃不喝也不是个法子。看着电视，二哥忽然有了主意，用手捅咕二嫂：“媳妇媳妇，我有个想法，我现在去问问村主任。”

二嫂不愿搭理，头都没抬：“你有啥想法？问村主任管用？”

刘二哥指着电视：“媳妇，你看，人家节目里说的农家乐多红火啊！城里人都爱吃农家散养笨鸡、笨鸡蛋。咱们这里山清水秀的，村里老房子也多，说不定咱们这里慢慢地也会搞旅游开发呢。要不我们先把咱的果园圈起来，咱在果树下面养鸡？说不定能行呢。”

二嫂咕噜坐起来，立马来了精神：“真能行？要这样能行，你就不用出去打工了，还不赶紧问问村主任去？”

刘二哥看来这回是豁出去了：“媳妇，你要也觉得能行，我这就找村主任去。”

刘二哥前脚刚出家门，刘二嫂立马下床洗刷，心情一下子好多了，肚子也配合得恰到好处，开始“咕噜咕噜”撒欢了！

刘二嫂吃饱喝足，碗才刷到一半，刘二哥就风风火火地闯进来了：“媳妇媳妇，成了！这回我真不走了！”

“村主任怎么说的，你倒是快说呀？”二嫂看着刘二哥红光满面的脸，急不可耐地想一巴掌拍过去。

“村主任说啊，咱们村还真有发展旅游的规划呢。镇里要把咱村打造成美丽乡村，以后肯定会有很多城里人来旅游，咱们先把果园种好，养好鸡，再把咱爹那处老房子拾掇拾掇，以后可以开农家乐呢。而且村主任还说了，现在镇里大力支持年轻人返乡创业，银行还专门有针对创业人员的小微贷款呢！”

“哎呀你个老刘，行啊你！跟你过了这20多年，还真没看出来，你还有这脑子！”二嫂一拳头捶在刘二哥的肩膀上。

“那是，你老公这几年在外面打工，也不是白打的，怎么说也是见过大世面的人嘛！”刘二哥脸上的自豪顺着每一条笑开的褶子往外溢。

“哟哟哟，瞧你那嘚瑟样，给你点小阳光就灿烂得找不着北了！去去去，别在这碍眼了，赶紧地，再去找找村主任会计他们，好好地去找人家请教请教合计合计去！”

“得令！”刘二哥俏皮地一挥手，转身出了院门。

刘二嫂顺手拿起了扫帚，沐着夕阳金灿灿的余晖，一边扫院子，一边哼起了拿手曲目《穆桂英挂帅》：“辕门外那三声炮……”

真情致远

# 一把伞在雨中

大暑小暑，淹死老鼠。

小暑到了。

几天前的天气预报就开始浓墨重彩地渲染邹城雨季即将开始，盼啊盼啊，一直盼着能来一场大气磅礴的倾盆大雨，能下出豪放的苏辛词的味道，以洗去近日的溽热。可淘气的老天却不按套路出牌，不知道走的啥路线，竟将瓢泼大雨开启了春雨模式，淅淅沥沥的雨丝儿清悠绵长，绝对的婉约风格。

临近正午，站在阳台上看着远处烟雨迷蒙中风姿绰约的护驾山，文艺女青年的调调儿突然涌上心头：还没独自逛过雨中的护驾山公园呢。

此刻不去，更待何时？

下楼，撑伞，出了小区，沿着金山大道往南走，转角处的几株花树被细雨洗涤得更加清丽可人，衬得绿化带里的法桐更显翠俊挺拔。那一溜儿观赏桃已经青果累累，一串串比核桃略大的桃子就在枝叶间探头探脑，有的还绿茸茸的，有的已经泛起了一抹羞涩的嫣红。

巍峨大气的新体育馆在雨里静默着，往昔热闹非凡的体育场里空无一人，只有宽敞的塑胶跑道对雨滴儿悄悄地述说着难得的安谧。

每一场雨都是天空对大地的眷恋吧，在这柔美的眷恋中，一个人悠闲自在地沿着唐王河路往西走，打开手机，找到最爱的“疗伤系情歌天后”辛晓琪的专辑，先听《无声雨》，熟悉的旋律响起：“就要从今天起，不那么消极，我用平常心，看街上风景……”

一进护驾山公园北门，就看见一池碧荷，一大片荷花在雨帘儿中挨挨挤挤，耳鬓厮磨，清风拂过，又是绿浪翻卷。忘情间我赶紧快走几步，站到路边一处观景平台上，细细欣赏。

雨幕中，一阵风过，大片荷叶卷起半边，再翻转回来，深绿浅绿灵动交叠，层层绿浪中，白莲素洁，红荷妩媚，仿若朱自清先生《荷塘月色》中的佳句，争相迸出。这是风雨作的画吧，我早忘了文字笔墨，只管近距离地膜拜这“六月花神”。

百花之中，最爱荷花。也许是因为家乡微山湖盛产吧，也许是受了周敦颐老先生的影响，我也爱荷的“出淤泥而不染，濯清涟而不妖”，爱它的“世间花叶不相伦，花入金盆叶作尘。唯有绿荷红菡萏，卷舒开合任天真。”因为这些，家中装修特意做了大幅荷花玄关画，以便天天看到。

此刻，雨中，偌大的护驾山公园只有我一个撑伞的游客，对着一池荷花默诉衷肠。我的眼神聚焦在一朵亭亭玉立的红莲上，它含苞待放，正是最青春最引人遐思的时候。我凝神看它，它含笑望我，它懂我的怜爱和疼惜，我知它对我的问候和牵挂。人生的这一遇一悟，就在细腻而又纷纷的雨中，出落成一片清香润心的莲荷了。

沿着回銮路继续往前走，路旁绿柳脉脉，树下偶有不知名的矮小的野花在倔强地开放，也许本就不为谁看，恰如湿漉漉的柏油路面上没有留下我的脚印，而我已走过。

慢悠悠走到唐王李世民的塑像前，驻足欣赏，看着李大英雄在雨中策马扬鞭的英姿。多希望自己能是那鲜衣怒马的少年，一身绝世武功，仗剑游走天涯，专门除暴安良，让正义永满天下，可惜，只能是永远的黄粱美梦了。唉，眼前这位文治武功都被世人推崇的天才皇帝，此刻也只有身后善良的护驾山默默相伴，还让千百年后的一个小女子感慨万千：万里长城今犹在，不见当年秦始皇。

远处的山顶上雨雾缭绕，烟云迷漫，最有名的老奶奶烧锅石也踪影不见，只有满山敦厚的石头、苍翠的绿树和我情意绵绵的眼神。我忽然觉得此刻的护驾山也正在悦然地看我，正像刚才的我凝望那枝出水的荷。

相看两不厌，唯有护驾山。

在护驾山温柔慈爱的目送中，撑着伞，依依不舍地往回走，又好像有那位“丁香一样的姑娘”，也“撑着油纸伞”与我伴行。荷花也好，丁香也罢，也许花的本意并不是为人开的，但是人却从花那儿得到了生命的启迪。

细雨渐密，脚步愈轻，天地圆融，思绪无已……

# 一帘秋雨映黄昏

越来越喜欢下雨的日子了。

站在阳台上，看精心修剪过的七月，在轻灵的雨水里卸妆。看滴滴细雨挨挨挤挤着，争先恐后扑进大地母亲的怀抱。小区水塘里，一池莲开得没心没肺，忘了尘世喧嚣。楼下法桐、苦楝树叶片越发油亮青绿，吹着若有若无的风，闪着越经风沐雨越平和的智慧之光。木槿花瓣在细雨的拥吻中更加娇弱可爱，侧耳倾听着雨点说给它的悄悄话，不时含笑点头，表示赞同。

泡上一杯浓郁的玫瑰红茶，听瓦檐滴雨，再听一听微信群里孩子们背诵的诗文，日子步履从容，静静感受惬意的光阴在指尖上轻轻划过。

凭轩望秋雨，凉入暑衣清。

临近中元节，这淅淅沥沥的秋雨为沉痛的人们又增添了几缕哀愁。

何谓愁？离人心上秋。

朋友圈里看到那么多怀念亲人的文字，心酸，眼涩，却又无奈。

人类的悲欢，真的并不相同。

忽然想起前几天不幸车祸去世的“谢大脚”于月仙。唉，谁也不知道明天和意外哪个先来，无论怎样，珍惜活着的每一天，每一位亲朋好友，因为，下一世，不一定会再见。

世间事，除了生死，其他都是擦伤，我们要看开，看淡。

一层秋雨一层凉，我的生命年轮，也已步入人生之秋。

身体状况开始走下坡路了，越来越注重健康养生。没了健康，我们还有什么？

越来越相信缘分，看淡聚散离合。我们永远不能确定随机选择的路上会遇见谁，也不知道会邂逅怎样的欢喜与遗憾，那就珍惜遇见，看淡分别，曾经拥有，既是幸福。

越来越喜欢宅家，独处，看着窗外，发呆，放空自己。感觉生命特别需要一段独处的时光，可以为无处安放的夙愿找个不为人知的角落，将那些想不开、理不通的无解难题放下，然后，再两袖清风回到红尘中继续修炼。

顺手拿起李木生先生的新作《孔子传》，一股清雅的书香扑面而来，深吸一口，肺腑熨帖，舒坦。

李木生先生积数年心血研究著述的这部140千字的鸿篇巨著，详细论述了孔子生活、思想、性格的方方面面，读懂了孔子，也就读懂了中国人。

孔子出身贫贱，一生四处碰壁，他愤世嫉俗，不平则鸣，心上常存着悲苦，却又平和幽默，甚至还让怀里常常揣着快乐。他既没有像历代统治者累封得那样高，也不像历代知识分子所夸的那样玄，但他却实实在在比他们所封的所夸的都要好。

阅读过程艰难而有趣，遇到不少生僻字词，认真查证，力求清除每一个拦路虎。对于特别喜爱的句子，圈点勾画，反复诵读，琢磨体味精妙之处。

这样的雨天，适合读这样的一本书。

圣贤的思哲之光，穿过细密的雨帘，照亮我的心扉。

无边夜色水一样漫过来，起来伸个懒腰，晃晃僵硬的脖颈，揉揉发涩的眼睛，窗外，橘黄的路灯透过树枝，把楼下的小道映照得斑驳隐秘，在细密的雨丝中更有一番情趣。

感谢这样的雨天，它以撩人的姿态让我释放浮躁，静心冥思，清理自己之后，轻松奔赴下一个人生渡口。

# 夏雨偶感

一路扶摇，看过千山万水的风邀约着骤雨，在闷热的夏日，访问我们小区。

南风吹着口哨，肆无忌惮地炫耀着自己的威力，裹挟着急促的雨点“噼里啪啦”频频敲窗，躺在床上看书的我，禁不住隐隐担忧：不知道那些栖息在树上的鸟雀们可安好？这么大的风雨，此刻，它们又能躲到哪里去呢？

小区绿化越来越好，“新邻居”鸟雀们也越来越多。凛冬，站在8楼窗口往下看，经常会看到几只灰喜鹊和一群小麻雀在落光叶子的苦楝树枝上跳来跳去，愉快玩耍。而且它们越来越不怕人，有时开车出去，时不时就会遇到前面车道上，几只喜鹊或者一只戴胜鸟悠闲散步，一般没有急事的车主都不会鸣笛，耐心等待着小家伙们溜达，直到慢慢滑行的车快到它们跟前了，它们才会呼啦一下飞起散开，落在旁边的树杈上。

有一次，下楼扔垃圾，恰巧看到一只黑白相间的俊秀喜鹊站在垃圾桶沿上，小尖嘴有条不紊地扒拉着，低头啄几下，又警觉地抬起头来四处张望，哪怕看见我左手拎着黑色的垃圾袋，右手拿着手机不停拍它，也不慌不忙，直到吃饱喝足才一扑棱翅膀，飞上法桐树梢。

也经常会有“不速之客”们落在我家窗台外檐，或者空调外机上，叽叽喳喳地开会，也不怕我偷听。好多个周末，本来想安安逸逸睡个懒觉的我被它们的会议吵醒，看它们讨论得热火朝天，也不忍心打断，只是好奇：不知道它们的发言中，更多的是诗和远方，还是柴米油盐？

午睡醒来，赶紧看看窗外，雨小了许多，张狂的南风收敛了许多脾气，余威仍在，楼下悬铃木的树梢仍然东摇西摆，立场不坚定。小区中心广场后面的荷塘里，满塘荷叶的绿伞时不时被翻卷出背面的浅绿，但几株红荷始终保持着清醒，不动声色地继续亭亭。

这就够了。

虽然现在没有看到鸟雀的影子，没有听到它们嘹亮地歌唱，但我相信，风雨过后，它们一定又会在树杈上开心舞蹈，也会把上次开会没研究完的内容继续深入讨论。

强者眼里，这点风雨又算什么。

不经历风雨，不足以谈人生。

温室里长不出参天大树，不经历九万里雷霆八千里风暴，怎么能屹立黄山之巅，成为万众景仰的迎客松？

暮色渐深，楼下暖黄的街道上，一棵结满青桃的小树信赖地倚在一楼窗畔，风雨洗刷后的桃子已微微泛红，正在迈着轻盈的脚步一点点走向甜蜜。

正如我们未来的日子。

不是吗？

# 朴　树

邂逅朴树，实属偶然。

早上 7 点从体育馆跑步回来，沿着金山大道一路往北，边溜溜达达，边哼唱着《公子往北走》。

兴致勃勃地走到金山大道和平阳路交界的拐弯处，忽然在塔松旁边的草丛里发现一棵陌生的袖珍小树苗。树叶有点像桑叶，但比桑叶小得多，小树个头比那些狗牙草也高不了多少，端详半天不认得，赶紧拿出手机"咔嚓"一下，用"形色"一查，屏幕上很快蹦出两个字："朴树"！

天呐，这就是"朴树"？

这叩击心扉的两个字引诱我蹲下去，蹲下去，仔仔细细打量着这株毫不起眼的甚至还不能被称为树的小树，看着它羞怯的叶子上还带着晶莹的露珠，仿佛是谁忧郁的眼泪没有拭去。看着看着，脑海里一个人的影子逐渐清晰起来。

没错，他就是灵魂纯净的歌手朴树。

最早认识朴树，是 2003 年偶然听到他的歌曲《生如夏花》，彼时的我一直喜欢印度诗人泰戈尔《飞鸟集》中"生如夏花之绚烂，死如秋叶之静美"这个句子，强烈的好奇心让我认真听完了这首歌，动人心扉的歌词配上朴树清澈的嗓音和他深情的演唱，一下子闯入我的心底：“惊鸿一般短暂，如夏花一样绚烂，我是这耀眼的瞬间，是划过天边的刹那火焰……”

从那开始，断断续续地关注朴树。

2003 年 9 月朴树精选专辑《我去 2000 年》发行，我喜欢的《那些花儿》被重新编曲再次收录。2004 年这首歌获得 Music IN 中国 TOP 排行颁奖晚会“港台年度金曲”奖。

“我曾以为我会永远守在她身旁，今天我们已经离去在人海茫茫”“有些故事还没讲完，那就算了吧，那些心情在岁月中，已经难辨真假。”他每首歌的歌词都是那么耐人寻味，经得起推敲，而且越琢磨越有味道。

可他却在最火的时候选择了 10 年沉寂，这让从不追星的我也开始注意收集一些朴树的资料。

这个自然得像植物、天真得像动物、眼神忧郁声音纯净的歌手出生于知识分子家庭，父亲是北大教授，母亲是中国第一代计算机工程师，本应可能成为理工科学霸或科学家的朴树却选择当一名音乐人。这个属牛的小伙子骨子里有着黄牛的坚韧、勤奋和认真，因为热爱音乐，他会每晚 10 点半带着吉他去家门口的小运河边弹琴唱歌，第二天早上 4 点回来，风雨无阻；对音乐狂热的爱恋让他对待音乐不容许有丝毫含糊。2014 年录制《平凡之路》时，因为一轨键盘音色不够满意，他一直录到早上 6 点还不肯走；2016 年江苏卫视跨年演唱会上，因为歌曲旋律出现一点瑕疵，被他当场叫停并要求重唱。

相对于娱乐圈的热闹喧嚣，性情纯真的朴树更愿意独处，他曾经拍过这样一张照片：一脸沧桑的他手里举着一张白纸，上面写着“我想好好写歌，我不祸害人”。

在《奇葩大会》上，高晓松这样评价朴树：他是个值得一交的朋友。

当年高晓松最落魄的时候，给朴树发了条短信：借我 15 万。朴树就回了两个字：账号。过了几年，当朴树经济陷入困境的时候，就给高晓松发了两个字的短信：还钱。朴树就是这样的：纯爷们儿，不废话。

朴树不是个高产音乐人，但他的每一部作品都力求精良和用心。

朴树再次引起我的关注，是 2014 年他的一首《平凡之路》。一经推出，立马屠榜，并且获得中国第 51 届台湾电影金马奖最佳原创电影歌曲奖。

每次听这首歌，都会热泪盈眶："我曾经失落失望失掉所有方向，直到看见平凡才是唯一的答案……我曾经像你像他像那野草野花，绝望着，也渴望着，也哭也笑平凡着，冥冥中这是我，唯一要走的路啊……"

朴树用缓慢抒情的节奏融入他清澈的嗓音及低声的吟唱，令歌曲弥漫着一种特有的淡淡温暖及忧伤，让我们能够沉下心来，在安稳的旋律感中享受平静与纯真。透过歌曲的力量，朴树让我们在伤感和迷茫中懂得：也许我们都会有五彩缤纷的梦想，可最终，可能平凡才是生活的真相。

就如路边刚刚看到的那些小树小花小草一样，它们那么普通平凡，很多时候，不借助于"形色"，我们可能连它们真正的名字都不知道。

可那又怎样？

它们依然自在地拔节、生长，该抽芽抽芽，该开花开花，也亲吻肆虐的风雨，也拥抱灿烂的阳光。

而不去管，有没有人欣赏。

朴树的演唱声声入耳、字字入心。

这个性情纯真即将奔五的大男孩最大的理想是坚定、自由地生活，梦想能再上一遍初二，能再过一回 16 岁的暑假。

他说：后来，不知不觉地，你开始接受发生在你身上的一切减法，并乐于见到自己变得越来越小。有一天，你居然发现，在心里的某个地方，你比最年轻的时候还要年轻，以至于认为，一切才刚刚开始。

时间变得不再有意义。

朴树，愿您出走半生，归来仍是我白马青衫长笛在手，衣袂飘飘、永远青葱的少年郎。

# 一弯新月上帘栊

去阳台晾衣服，不经意间，抬头，一轮上弦月安静地闯进眼眸。

有多久没静下心来好好看看窗外了？刚从电脑前扒出来的大脑锈迹斑斑，茫然，不记得了。慢条斯理挂好衣服，揉揉酸涩的小眼儿，正好调节一下。

索性，在摇椅上坐下，这样的时刻，确实适合赏景，再搭配点胡思乱想，还真是一盘好夜宵。

凝神，细看，远处护驾山脊木栈道上的灯光蜿蜒成一条游龙，高高的龙头直达山顶，似乎正昂首问月：几时才能亲近芳泽？灵动的龙尾虽然耷拉到山脚，但也是暗暗憋着一股劲儿，随时待命，准备一飞冲天，去月宫赴宴。那枚月牙儿孤悬西方，默默地看着这一切，好像暂时也没有邀请谁去做客的意思。它是习惯了寂寞，还是觉得人间烟火气里欲望太多？定是看透了屋檐下一幕幕的悲欢离合，才一脸超然地独自洒脱吧，身旁也不需妖娆变幻的云朵相伴，不用璀璨迷人的星光装饰，只需要这方暗黑的天幕做它的背景即可：纯粹，简练，干净。

不要花里胡哨，它懂大道至简。

那它也知道在这些明明灭灭的灯光里，有一盏是为它而点的吗？有一个傻傻痴痴的女子，此刻，正在读它用清冷的月辉传递的文字？

我想她定是知道的，心有灵犀，绝非杜撰。就像我明白它的心意一样，它也了悟我的想法。

不然，它怎会送过来鼓励的眼神？

懂得，很多时候不需要语言。

此刻的新月，也在想它的心事吧，谁还没点小秘密？哪能没点小烦恼？只要能规整到人畜无害就好。

譬如今晚的我，下班回来，拖着一襟风尘进了家门，把一天积累的鸡零狗碎和脏衣服一起摁进水盆：那个上课走神，转脸说话，闲事一箩筐，糊弄作业惹我生气的家伙，微信上看到的负面新闻，各种杂七杂八要交的费用，自己暗恋的阳光男神……通通的，按揉、搓洗、漂清、晾晒、清零。

可惜，哪有那么容易？这只是一种理想状态。实际操作起来，难度系数不亚于让一个没有受过任何专业训练还有恐高症的相扑运动员站在十米跳台，做一个完美的 5253B，就是向后翻腾两周半转体一周半屈体还要加上抱膝。总有些思念啮骨噬心，难以忘怀。总有些烦恼阴魂不散，撒泼打滚铁定心地赖着你。

一直梦想着自己能做个古典精致女人，明眸皓齿，指如兰花，琴棋书画虽不能样样精通，但至少也能舒袖轻挽，弹上一曲《汉宫秋月》，像安陵容一样把“花开堪折直须折，莫待无花空折枝”唱进皇上心里。唉，无奈现实啪啪打脸，生就的拙手笨脚，五音不全，KTV 里一亮嗓，能把“久经沙场”的服务生吓跑。现在走样变形的身材更是把窈窕淑女梦碾压成了豆腐渣。

人说，普通女人和精致女人之间只隔着一只口红的距离，我想那一定说的是别的普通女人，而我这样的，和精致女人之间至少得隔着一座珠穆朗玛。真是一胖毁所有啊，有时候想坐那儿认真读会儿书，给人的感觉也像在点菜。

唉，如果能像这弯月牙儿一样，想胖就胖，想瘦就瘦，该多好啊！

可惜，人生没有这“如果”，凡事只求半称心。

能够半称心，已经很好了。

想想人世间那么多苦难，那么多兵荒马乱不幸的人生，顿时觉得自己有事干，有房住，家人在侧，不愁吃穿，柴米油盐之外偶尔还能追求一下诗和远方，真是幸运之至。

就像此时此刻，还能摇椅安坐，让月华洗净尘霜，与最好的自己坦诚相见。

感恩。

是该感恩。很多时候，我们必须学会向岁月妥协，把时光中散落的失败、挫折、烦恼、不堪……能打败的打败，不能打败的接纳，做成朵朵素朴的花，别在衣襟上，擦擦泪，继续微笑着闯荡天涯。

前路，一定会有明月相伴。

# 一路走来

6点，下班了。

平时都是开车上下班，今天难得清闲，不着急赶着回家做饭，忽发奇想：干脆，步行回家！就当锻炼了。

说走就走，出大门，往正北，峄山路上新修好的云轨高架雏形已现，两边的围栏也已撤掉。可能是没有了中间的隔离栏，现在的峄山路感觉比以前宽阔了许多，溜溜达达走到千泉办事处，对过楼上“千帆竞发、泉涌不息”的大字遒劲有力，非常醒目。走到名泉路转角，右手边有个小型的主题文化公园，平时行色匆匆，只是路过，从没动过进去游览的心思，今天反正不着急回家，索性进去逛逛。

正是夏日午后，还未入伏，碧空如洗，微风不燥，感觉恍如初秋。公园正中有孟母教子的石像。石像底座上赫然写着：贤母园！石像旁边的石板上刻着孟母三迁的故事，我仔细观察四周，在周边的花草丛中分别看到了岳母刺字、欧母教子、陶母教子的石像，经常在课堂上叭叭地给学生讲“中华四大贤母”故事，在离单位这么近的地方就有个贤母园！自己居然不知道！居然没进来逛过，唉，真是惭愧！真是印证了那句话：生活中不是缺少美，而是缺少发现美的眼睛！

满怀敬意，驻足欣赏，贤母园的整面南墙都是“走进孟子、感悟孟子”主题书画展览，既有对孟子事迹的介绍，也摘录了一些大家熟知的孟子名言，如“我知言，我善养吾浩然之气”“人之相识，贵在相知；人之相知，贵在知心”等等，精美的浮雕绘画、精心的版面设计、精彩的语句摘录，在给人带来高雅艺术享受的同时，也让人们更好地了解了我们邹城人民的骄傲—亚圣孟子！

心中感慨万千，走到贤母园的东北角，猛一抬头，突然看见了一棵粗壮高大的楝子树！凝神细瞧，确定就是一棵树龄很长的楝子树！这个时节，已没有紫色芬芳的楝子花，只有一串串绿葡萄一样的楝子豆在枝叶间摇摇晃晃，调皮可爱，逗弄着我的遐思。

继续往家走，名泉路两边店铺林立，浓浓的市井烟火气息让人感觉到生活的真实。

不知不觉走到唐王河路，路南边整个被打造成了廉政文化长廊，雪白的墙面上精心设计形态各异造型精美的木框里，既有张贴的孟子名言，也有以“邹鲁清风”为专题的古代清廉名士的事迹介绍，比如：两袖清风的于谦，坐怀不乱的柳下惠，鸡黍之约的范式……

一路走来，收获满满，平时十分钟车程，今天走走停停，到家用了一个半小时，回到家里，意犹未尽，赶紧打开电脑，把此番感受写下来：有时候，我们需要放慢追逐的脚步，让我们的思想和灵魂赶上来，倘能如此，你一定会发现人生更美的风景！

# 感　动

## 1

一觉醒来，还不到 6 点，平时爱睡懒觉，难得今天醒这么早，起床，出去遛遛。

下楼就看见小区荷花池旁，一棵粗壮的垂柳下面，一位白衣青年正在认认真真地打太极拳，一下子把我吸引住了，赶紧拿出手机，远远地欣赏起来。在我的感知里，好像练太极应该是大爷大妈们干的事，真没想到还有这么年轻的小伙子，就在 6 点的晨光里，在一池荷花柔情的陪伴中，在大柳树慈爱的注视下，一招一式，一板一眼，那种投入和专注让人只能远远地欣赏，不敢进前打扰。

此时，熹微的日光从高楼间隙里，斑斓地洒进这片荷塘，真是“接天莲叶无穷碧，映日荷花别样红”，红荷的婀娜妩媚吸引了岸边的绿柳，大柳树拼命地垂下长长的枝条，想去一亲芳泽，奈何心有余而力不足，只能在温和的暑风中，失望地摇头叹息。

沿着金山大道东侧的绿化带往南走，一路欣赏着漂亮的叫不上名来的花木，来到唐王河桥上，往东观看，河两岸已有三五个钓鱼的人，悠闲自在享受垂钓乐趣了。曾经我很不理解这些爱钓鱼的人，觉得他们在水边一坐多半天，或者半天鱼儿不上钩，有什么意思！后来逐渐明白，他们也许没有郑板桥“乌纱掷去不为官，橐橐萧萧两袖寒。写取一枝清瘦竹，秋风江上作渔竿”的潇洒率性，也许没有宋玉、尧舜、汤禹“以贤圣为竿，道德为纶，仁义为钩，禄利为饵，四海为池，万民为鱼”的大气磅礴，但他们能“绿矶横白石，终日坐其间”，原来是“爱尔双钩直，垂纶意自闲”。他们是一竿风月，乐在其中！

来到南边的新体育馆，看到跑步的、组队训练的、打篮球的人们，个个汗流浃背，精神抖擞，立马被他们的上进活力所感染，顿觉自己满血复活，为自己的贪睡懒惰深感惭愧，争取向他们学习，也做个早起锻炼的人儿。

感谢早起，让我看到这些画面并深深感动，心中充满了积极向上的力量！

## 2

想起了去年夏天，我和侄女带着我父亲游上九山的事情。

当时虽已是末伏，但暑热余威犹在，我们仨到石墙上九山古村的时候，已临近中午。来到上九山古村，远远看去，高高的寨门寨墙，绿树葱茏，村庄依山就势建造，错落有致、高低相间的石屋，层峦叠嶂、相生相和的清一色的石墙，还有弯弯曲曲的石板路，让我既感觉亲切，又感受到和我们平原地区农村不同的新鲜。

越往里走，越能感受到这里人们的勤劳和智慧。酿酒坊、豆腐坊、油坊、粗粮坊、粗布坊等形形色色的作坊，让我们跨越了时空，仿佛回到了几十年前；让我特别感动的是那个“六合院”，六处院落相互咬合，相互制约，六兄弟各司其职，各显其长，充分展示了六兄弟及妯娌间和谐相处、其乐融融的生活状态。

最让我感动的事情是在古戏台。

我们溜溜达达走到古戏台的时候，已是中午12点多，骄阳高照，暑热正盛，游人稀少。我看父亲也累了，就一起走到戏台前的观众席上坐下喝水休息，也趁机仔细欣赏一下古色古香的戏台。

戏台上三位演员正坐那儿聊天，一位穿着红色T恤衫略胖的中年男子坐在台侧，一位穿条纹T恤略瘦一点的男子正摆弄一把胡琴。最吸引我的是那位女士，一袭白色民族风上衣，配上黑色长裙，白凉鞋，显得端庄大方。看到我们落座，主动询问：“你们听戏吗？”我当时一愣，第一反应竟然问：“你们收费吗？”好多旅游景点这种额外收费的项目屡见不鲜，我就以为听戏点戏是按时间交钱的，没想到她说：“不收钱，我们是免费的。”父亲是个资深戏迷，当然要听啦，我说：“那麻烦您给我们唱一段吧。”此时热浪袭人，贯会唱歌的蝉儿在这31℃的中午都不愿出声了，而这位女艺人非常爽快地答应了：“好的，那我给你们唱一段柳琴戏里特别有名的《王二英思夫》吧！”

琴声响起，缠绵悱恻，女艺人字正腔圆，表情动作一丝不苟，把王二英的思念演绎得活灵活现！在这样炎热的中午，偌大的景区里，空荡的观众席上，面对仅有的三位观众，她的认真不亚于演唱会上的歌星！我们真的被感动了，只有起劲儿地叫好！拼命地鼓掌！也许是感应到了我们发自内心的热情，在一段唱腔之后，没等我们开口，她说：“看你们也是真心喜欢戏曲的，我再给你们唱一段。”居然又给我们唱了一段！我们坐在树荫里，不停地扇着扇子，尚且汗流满面，她在台上连唱带演，不更热么？我们实在不好意思了，一再摆手，她才停下。

本来我们坐在这里，只想着能休息就好，她能主动询问我们，还那么认真地为我们演唱，真的让我非常非常敬佩，这绝对是上九山村最美的风景！

时隔一年，回想起来，内心依然满满的感动。

## 3

2016 年 4 月，我去金乡参加“济宁市第六期国学经典教育师资培训”，三天学习结束返程的路上，我到济宁市中区有点事，便在火炬路南头北湖边上下了大巴车，拖着箱子站在路边。正想着怎么打车呢，一辆红色的私家车缓缓停在我的旁边，司机是一位女士，眉清目秀，30 岁左右，她把所有的车窗都摇下来，探头对我说：“你是要去市里吗？”我急忙说：“是的是的，我去太白路那边。”她说：“我刚才在后面看你从这里下车，就猜想你可能要去市里，在这儿不好打车，你要信得过我，我可以捎你一段，把你捎到太白路那片好打车的地方。”天呐，幸福真的是来得太突然了，我激动不已，连说谢谢。

坐上车，我俩聊了起来，她说她去金乡走娘家刚回来，家在秦庄市场附近，看见我拖着行李箱站在路边，觉得这边打车不太方便，就停下来看看能不能帮上忙，也许顺路能捎一段。

她把我捎到临近太白路的地方，我下车给她钱，想略表谢意，她说啥也不要。我把钱留在后座上下了车，她下车追出来非塞到我包里，态度非常坚决，说只是顺路帮忙，再给她钱她就生气了。我没再坚持，怕这钱真的亵渎了她高尚的心灵，眼看着她开车离去，我在路边真的热泪盈眶，可惜当时太激动了，竟然忘了记下她的车牌号！

两年多来，每每想起这件事，起伏的心潮就感慨万千。万分感谢这位热心细心善良的女士，解了我的燃眉之急，茫茫人海中，我多么幸运，能和你有这一面之缘，再次向你表示衷心的感谢！希望好人一生平安！我也决心以你为榜样，希望也能给别人带去一抹芳香！

感谢生活，有这么多的美好让我感动！

# 1800米的爱情

怎么也不会想到，在这样一个初冬微寒的下午，就在这里，已过不惑之年的我，会一见倾心地爱上这样一条小河。

河是真小，目力所及，东西宽约十几米，南北长不到两千米，在河岸边走着的时候，并没觉得它有什么特别之处，等走到悬索吊桥中间，再看它的时候，我呆住了。

惊艳。

只能用这个词来形容，这一刻，心怦怦怦乱跳，喘气不再均匀，是真的，被它迷住了。

索性在桥中间坐了下来。

河水并不太清澈，深绿。靠近岸边的水面倒映着两旁垂柳枝冠，更显幽邃神秘，衬得没有影子的水面格外鲜亮，一明一暗，层次分明；两旁垂柳硕大的树冠枝叶繁茂依然，只是大半柳叶已被秋风染黄，少半儿还在固执地恋着春阳夏雨的透绿，迟迟不肯换上秋装。温柔的余晖爱恋地抚摸着每一枚待嫁的柳叶新娘，在它们黄黄绿绿的裙裾外面，再撒上一层亮闪闪的金粉和绯红，认真地为它们梳洗妆扮，努力让它们以最美的模样投进小河宽厚的怀抱。

蓝天眼馋得不行，也想俯身亲吻这些美丽的新娘子，为了更招引人，还特意拽来了几缕白云，围在颈间。没想到一不小心，劲儿使过了，一头栽进小河，只剩几片云朵浮在水面，和长长垂下的柳枝儿诉说彼此的思念。

坐在桥中间的我，用仰慕的眼神读着这一切，多么幸运啊！在这里坐着，就像坐在小河温暖的怀抱里，善解人意的小河也伸出有力的臂膀，揽我入怀。它那久经风霜的眼眸早看穿了我挣扎红尘的疲惫，知我冷暖，懂我悲欢，却又无力帮我，只能尽己所能，给我这一方安静的港湾，洗刷掉心上岁月累积的浮尘，让我露出孩童时的笑颜。

能不爱它吗？

我尝试着站起来，想转身就走，脚却像粘在桥板上，拔不动。索性淘气一把，前后左右地摇晃吊桥，慢慢地，吊桥摇摆的幅度越来越大，恰如我一路跌跌撞撞走来的人生。

热桌子冷板凳苦撑苦熬十几年的求学路，初涉职场的青涩忙乱，结婚生子操持家务的琐碎单调，父母越弓越弯的背，自己走样变形的身材，一天比一天厚的千层下巴……

哪一条单列出来，都是一部厚厚的长篇。

其实，谁不是这样？哪个成年人没有一部自己斗争的血泪史？谁不是一只陀螺，被生活的鞭子抽得团团转？又有几人不是常常在深夜崩溃，靠着岁月偶尔打赏的小确幸支撑到黎明的曙光？

毕竟，我们都是一介凡人，有些劫，只能自己渡。

所有过往悲欢，从每一枚柳叶尖幽幽滑落，在水面上漾起丝丝涟漪。

这些，睿智的小河一一解读，又悄悄擦掉，不留下半点痕迹。它一点都不八卦，不像那到处叽叽喳喳的麻雀，这我绝对放心，是否，它也在用这种方式告诉我：该忘记的忘记吧，该清零的就清零，心无负累往前看，方可更好前行？

我感觉找到了灵魂知己。对这条聪慧包容的小河一见钟情。

倦鸟归巢，暮色已起。冷冬清冽的晚风好意提醒我，已和小河聊了一个多小时，是该走了。

再多不舍，也没有不散的宴席。起身，默默地和小河说着再见。从吊桥上走下来，沿着河边，回到住宿的地方，大约1800米，我走得特别慢，特别慢，细细感悟这1800米的爱恋：爱，并不一定时时刻刻都在一起，只要彼此心灵相依，相隔多远都不叫距离。

# 爱的油画

春日午后，又把《我的父亲母亲》这部电影看了一遍。这是张艺谋导演1999年执导的，章子怡、郑昊、孙红雷主演的一部爱情片。讲述了母亲招娣和父亲骆长余相知、相爱、分离，最终相守一生的故事。

其中，最让我感动的是父亲被带走，母亲疯了一般怀揣蒸饺沿路追赶的片段……

母亲急匆匆地跑过来，“咚咚咚”的脚步声敲打着大地宽厚的心脏，村主任他们刚把先生送走的消息炸得母亲措手不及，母亲惶急地转身就跑，用最快的速度冲进厨房，掀开锅盖，不顾烫手的热气，抢也似的端出一碗水饺，拿一个小碗盖上，急慌慌用花围巾包好，匆忙一系，抱起饺子碗，就飞也似的冲出学校。

母亲焦灼的眼神随着她没命奔跑的脚步扫遍旷野，辫子上两只惊慌的绿蝴蝶没有方向的乱飞。急中生智的母亲想抄近道截住先生，又被好心帮了倒忙的秋草绊住了脚。最让母亲伤心的不是自己摔倒的疼痛，而是先生越走越远扬起的尘土和那碗摔得七零八落先生没有吃上的水饺，心碎的母亲泪雨滂沱。

此刻，母亲心爱的青瓷大碗骨肉分离，静静地散落在这无辜的枯草中，这些碎碗片无比哀伤的眼睛紧盯着旁边裹满爱意的饺子。它们多想伸出温暖的双手，把这些饺子再抱进怀里，送到先生嘴边；多想伸出抚慰的手指，轻轻抹去母亲脸颊痛苦的泪水；多想让秋风把母亲浓烈的爱和伤心的哭声带给先生，多想让母亲火红的棉袄和她年轻的笑脸一起，开成秋日最美的花朵。

不解人意的马车碾压着母亲青春的爱恋，在这片秋日的旷野上向着远方起伏的山峦跑去，大片大片草甸和树叶绽出浑身的暖黄，伸出无数双热情挽留的手掌，也拦不住马车渐行渐远的尘土飞扬。无数个草捆子为母亲伤心地匍匐哭泣，高岗上那几棵茁壮的大树，拼命亮开嗓子，想喊住马车，却也只能眼睁睁看着车影在瑟瑟的秋风中蜿蜒成一颗黑色的泪珠，直到模糊不见。

委屈，后悔，不舍……种种复杂的感情都化作泪水，在母亲年轻的脸庞上肆意流淌，伤心欲绝的母亲看着远去的马车，张开喉咙，想大声喊叫，却又叫不出，只能绝望地拿起围巾捂在脸上。这团跳动的小火苗试图擦干母亲的眼泪，可母亲心里的泪海已经泛滥，怎么擦得干呢？

这个色彩分明的片段让我泪目，母亲的红棉袄红围巾，发梢上的绿蝴蝶，大片温润暖黄的旷野，桦树洁白耀眼的树干，构成一幅爱的油画，那蜿蜒的土路车辙，把爱的期冀延伸到远方。碗碟可以摔碎，真情不会破灭。

因为，有爱的地方，就有希望，真挚纯洁的爱，一定能战胜离别，温柔岁月绵长。

# 长在心上的月亮

城市里没有月光。

曾经好长时间，我都这么认为。

一直固执地觉得，真正的月光一定是土生土长在乡村里的。

小时候，农村老家的月亮，多么大多么亮啊！它给我们带来了无数的欢乐。特别是那些个没有电更没有电视机的夏夜，乡村黑得吓人，我们这一群白天没有疯够，精力明显过剩的野丫头们最盼的就是月亮。等明晃晃的月亮在我们无比焦灼的期盼中慢悠悠升起来，我们撒欢的时节就到了。这帮疯丫头里，年龄最大、胆子也最大的春妮儿自然是挑头儿的。每次行动前，都是春妮儿先出马，她想装斯文呢，就去我们几个家里挨家挨户地叫，一边“婶子、大娘”甜甜地喊着，一边小手往外一摆，早就会意的伙伴不等爹娘批准，“呲溜”一下就钻出门外了，等娘那句“别玩忒晚喽，早点回来”说出口，人早就没影了，就听大门外边传来不知谁的回答：“知道了知道了，早回来早回来！”就这么一个喊俩、两个喊仨的，几分钟就召集来十几个。春妮儿想省事的时候，就在东街西巷的街口吼几嗓子：“出来玩啦出来玩啦！”早在家里憋得难受蠢蠢欲动的我们，听到集结号，立马窜出家门，一阵风的工夫，人马就齐了。

那时候的房子虽然矮小，街道却特别宽敞。我们最常玩的地方是村中间的十字路口，最常玩的游戏有：杨家将扛大刀，摸瞎人，丢手绢，跳皮筋儿，踢毽子，砸沙包……

也玩捉迷藏，一般玩捉迷藏的时候就去打麦场了，村头的打麦场宽阔、敞亮，是我们最喜欢玩的地方。一个个敦厚朴实的麦秸垛在明亮的月光下温柔地庇护着我们，一脸宠溺地任由这帮皮猴子在它们身边钻来钻去，时而鸦雀无声，时而尖叫连天，大咋呼小叫唤，肆意撒欢。这些柴火垛，是我们亲眼看着它一点点长高长大的，垛麦秸的时候，都是我们这些小孩子在上面踩来踩去，把大人用木叉高高挑上来的麦秸踩匀称踩结实，我们也算为它的成长立下过汗马功劳。在我们眼里，这些憨态可掬的柴草垛就是我们的亲人，默默包容着我们的一切。

嘻嘻哈哈里，时间过得嗖嗖快，还没玩够呢，谁家心急的爹娘先找来了，随后村头又响起了呼唤谁谁谁回家的声音，大家只好就地解散，各找各妈去了。

有的还边走边唱：月姥娘，亮晃晃，骑白马，扛大枪……

善解人意的月光慈爱地看着这一切，生怕我们找不到回家的路，使劲儿亮了又亮。

那时候，最喜欢过的还是中秋节前后这几天。白天掰好的玉米，用地排车一趟趟拉进家里，没有时间剥皮，单等着吃过晚饭，又大又圆的月亮升起来，满院亮闪闪，一大家子围坐在院子里，一边东家长西家短的闲聊着，一边手疾眼快地剥着玉米皮。还要三个一嘟噜两个一串地系在一起，挂在树杈上，墙头上，或者专门支起的架子上，每每这时，我们小孩子最开心最欢实了，不仅因为有甜甜香香的五仁月饼、红红脆脆的大枣吃，还可以听到许多平时听不到的故事。我们几个小丫头片子还会商量好，今晚在你家，明晚去我家，轮流串着剥玉米皮，这帮战斗力爆表的小魔王们都集中到一家时，呼呼啦啦坐满院子，大家打闹着说笑着干着活，劳累了一天的大人们也跟着乐呵，这家院子就跟炸了锅似的，欢声笑语随着月光能淌半个村子。

可惜后来，蜘蛛网似的电线爬满了村子，越来越多的电视机也迈着六亲不认的步伐得意地走进千家万户。我们的游戏在电视的魔力面前明显不堪一击，大家更愿意聚在一起扎堆看电视，晚上再亮的月光也勾不起大家出来玩耍的兴致了。

村里的路灯越来越亮，我们也慢慢长大了。

当初的小伙伴四分五散，各自为战，越来越难凑齐。

我的枝蔓也爬进了城里，大学毕业后站上三尺讲台，每天像不停闪烁的霓虹灯忙来忙去，工作、家庭、孩子样样操心，各种凡俗琐事密如筛子网眼儿，再也没有心情赏月，好像也找不到儿时那么美的月亮了。

所以，一直觉得，五彩斑斓的城市夜空，没有老家亮洁温润的月光。

直到今年夏天，有缘走进呼和浩特，猝不及防，邂逅了那晚的月亮。

巧合的是，那天正好是阳历的8月15号，我跟随几位文学前辈游览大召广场。

第一次走进祖国的大西北，别样的塞外风情让我目不暇接。特别是那美不胜收的云，在高远纯净的天幕上自由变幻，一会儿是镶着金边的棉田，朵朵棉絮丰盈饱满；一会儿又拉成七彩丝巾，还是渐变色的，单最外层的红色，就变幻几种，先是深红酱红，一袋烟的工夫转成紫红酒红。等你还没欣赏完半条街景，再抬头看它，又变成浅红粉红了，淡淡的，直至消失，最里层的几缕也由深咖色变成深青，越来越深，渐渐和天幕融为一体。

我们慢悠悠拐进一家美食店，一顿当地特色小吃暂时疗愈了我淡淡的乡愁。

走出美食街，再次来到大召广场，猝不及防，和一轮明月撞个满怀！

心格愣一下，大脑一片空白。

只感觉，儿时丢失的那些个月光，回来了。

一枚玉盘静悬天幕，盈润温婉，清辉羞怯地撒来，忍不住伸手接住，攥紧，把这一把月华贴近胸口，竟然那么亲切。

一切遇见都是前世的缘，这话我信。

只这么一瞬间，它就轻易地走进了我的心，唤醒了沉睡许久的记忆，儿时的美好，老家的一切，就这么清晰地穿过大召寺的飞檐斗拱，穿过身边来往的人流，鲜活在眼前。

这一刻，真的心动了。

整日如陀螺旋转在红尘，多久没有静下来思考了？清净的灵魂跟得上疲惫不堪追逐生活的脚步吗？

没有想过，也没有时间去想。

幸运的是，今晚，在千里之外的呼和浩特，这样一轮澄月，用它明澈的双眸，润泽洗涤了我蒙尘的光阴。

所有过往，一下子柔软起来。

这一刻，只想这么静静地凝望着它，想彻底放空身心，让缕缕银辉把自己轻轻拥抱，无比幸福地沉醉在月光里；想让自己像一只翠鸟依偎在荷叶宽厚的怀里一样，沉沉睡去，让滴滴甜甜的清露沁入香香美美的梦境。手扶着阿拉坦汗高大威严的塑像外面汉白玉的栏杆，感受着呼和浩特的月辉从塑像头上高耸的帽尖汩汩流淌，到肩头，到指尖，到莲花底座，到底座下方的祥云图案，传递到白白凉凉的栏杆上，再到深情抚摸着这栏杆的我的掌心，不由得再次紧紧握住，刹那间唯恐失去。

其实，真的失去了又如何？没有得到，就无谓失去；没有失去，怎懂珍惜？只要曾经拥有过，就已是幸福。一颗老是计较得失的心，怎么会轻松快乐？我不应该害怕失去，因为我已经参透了一点月亮的密码：只要珍惜，哪里都有动人的风景；只要用心，哪里都有皎洁的月光。

就像此刻，我在电脑前敲着这些文字，秋雨敲窗，告诉我今夜静谧的小区里没有心心念念的月亮。可我不怕，因为我知道，虽然我不能时时看到它，但它一直都在，就在某个地方默默关注着我，它也知道自己已经牢牢地长在了我的心上。

是的，不论乡村城市，有爱的地方，就有月光，每个人的心上，都有一个情深的月亮。

# 我和流苏有个约定

踩着四月的惠风，你，踏歌而至。

我，亦如约而来。只为一睹你的盛世容颜。为这一年一次的约会，我精心打扮。可当我自信满满地站在你如雪的华盖下，那一瞬间，我不得不承认，所有姹紫嫣红的妆扮在你的洁白馨香面前，都黯然失色。

你是天使。

每一朵颀长纤细的四瓣花都是可爱的精灵，连你的香气也是柔弱纤细的，让人不由得心疼。可你却并不以娇弱求怜，而是全都蓬勃向上，每一朵都开成轻扬上举的十字形，四个瓣简单交叉，每一瓣之间都是九十度，中规中矩，古朴诚恳，像一部四言的《诗经》，每一个字符都鲜活着人间真挚的情感爱恋。

是的，何其幸运，你生在孟氏门第，长在赐书楼前。日日和青砖黛瓦耳鬓厮磨，天天看谦谦君子习诗书学礼仪，也修养得温润如玉，不骄不躁。两棵树既相扶相携，根系紧挽，又各自独立，不干扰对方沐浴云霞虹霓。无论世人怎样敬仰膜拜，你自莹白栖玉枝，舒袖轻展，安婉怜爱地把芸芸众生拥进怀里。

用你的至纯至性，给混浊的灵魂以洗礼。

此刻，我站在你煦暖的光影里，贪婪地感受着你轻柔的爱抚，你细碎的馨香缓缓漫过我每一寸肌肤，我所有毛孔尽情张开，心甘情愿地接受着你沁肝入肠的清洗。

久久，不愿离开。

索性闭了眼。

我知道你饱读诗书，你绽开的每一瓣洁白，不就是向世人告知，你熟谙孟子思想精髓？一身诗意素雅，满树智慧芬芳。即使闭着眼，耳畔依然传来你在蓝空白云之下，摇头晃脑的吟哦：君子不怨天，不尤人；我知言，我善养吾浩然之气；养心莫善于寡欲；富贵不能淫，贫贱不能移，威武不能屈……

你说到了，也做到了。你不管世人赞你誉你，还是损你伤你，你自岿然不动。所求甚少，只需要一点点清风雨露，一点点大自然慷慨赠予的阳光，只把追求的眸子投向天空的高远，富贵浮云，且自由它。看似娇弱不堪的花瓣朵朵向上，骨子里，有着大丈夫的豪侠之气！

枚枚小花自成一枝，却又朵朵相依，你们深知团结的意义：老吾老，以及人之老；幼吾幼，以及人之幼。爱人者，人恒爱之；敬人者，人恒敬之。相互尊重扶持，才成就这洁白的鸿篇巨制。

光影摇曳，我流连忘返。你与我低声絮语：两情若是久长时，又岂在朝朝暮暮。

我哑然失笑，没想到那么馥郁典雅的你，竟然说出这般接地气的诗句。

惆怅消散，顺便去拜访一下你的朋友们：那棵和你一般年纪的老桑树上挂满了喜庆的灯笼，那一串串人为的红火里，漾着太多的俗世烟尘；习儒馆里的木兰已谢，满树圆润的绿叶在为地上凋落的花瓣唱着深情的挽歌；孟府大堂后面的海棠零落纷飞，几个调皮孩童在花瓣雨中尽情放飞着童真；见山石前面，紫藤正盛，串串淡紫色的音符肆意流淌；旁边的木香和石楠争奇斗艳，引得游客纷纷留影。

国色天香的牡丹们挨挨挤挤，大朵的紫红粉红在绿丛中探头探脑，想招揽游人注意，却又故作矜持。著名的“桧寓枸杞”树上，那蓬郁郁葱葱的枸杞依然赖在别人身上沾沾自喜。

这些，怎么能与你的高洁淡雅相比？我想努力写出你的美，却发现我的文笔多么脆弱无力。所有的词汇在你的笑靥面前，都那么苍白。写出来的，不及你的万分之一。

仪门两侧，两棵盘虬的丁香尽职尽责地审视着每一个来探访你的人。我不舍的眼神越过丁香的阻拦，想最后和你道别。可惜，隔着重重殿宇，我看不到你清丽隽秀的脸。

那又何妨？你已牢牢扎根我的心上，无论见与不见。

我们之间有个连枝共冢的约定。我不说，你也懂。

# 六瓣花里的春天

霓裳片片晚妆新，束素亭亭玉殿春。

一树玉兰，欢呼雀跃着，在雾云低垂的仲春下午，穿越灰蒙蒙的岁月褶皱，于蒹葭苍苍的唐王河畔，羞怯地露出了一丝笑颜。

这里不是高墙深院的宫殿，却也让我从这株玉兰身上，感到了盎然的春意。

应该是一株紫玉兰吧。“已向丹霞生浅晕”，略显纤细的枝干上，没有一片绿叶，只有一朵朵有点紫色又泛着粉红的花苞。娇嫩的花瓣儿紧紧拥抱着，三五错落，欲语还羞，没有完全绽开。紧拥着的花苞朵朵向上，好像杆杆饱蘸浓墨的毛笔，随时准备挥毫泼墨，为俏媚的春姑娘写出最动人的情诗。

难怪人们那么喜爱它，常常会把它送给文采斐然的俊郎淑女，不仅因为它芳香淡雅，姿态艳逸吧，是否还因为它还有着木兰、辛夷的雅名和唯美的花语？更或者是因为它早在《楚辞》中，就有“朝饮木兰之坠露兮”“辛夷车兮结桂旗”的名句？

此刻，我一脸崇拜地仰视着它秀美的姿容，默诵着赞它的诗句。它并不因此而骄矜、跋扈，睥睨众生，而是温婉如初。像是刚刚怀春的少女，不知道这一阵一阵越来越暖和的春风值不值得爱，羞涩又懵懂：“和羞走，倚门回首，却把青梅嗅。”

相比于玉兰的娇羞，一旁的迎春就显得大方多了。它更像热恋中的女子，不管不顾地赴约，如火如荼地开放，明明白白地恋爱。错综杂乱的深绿枝条上，朵朵六瓣黄花争着向上，绽开最美的笑脸。引我慢慢安坐一旁，聆听一瓣与一瓣的私语，一朵与一朵的嬉笑，争抢着向我抛媚眼：看我看我快看我。

这些小可爱们，真真让人看不够。

不知为何，竟突然想起了大观园里那个温柔敦厚、老实无能、懦弱怕事、有“二木头”诨称的可怜丫头。假如聪慧灵秀的她能像这丛迎春花儿一样，大胆泼辣地开放，想来也不至于任人践踏于污泥，最终惨死吧。

可惜人生没有这假设。

痛心之余，更觉这丛花儿的可贵。春光苦短，若开，就尽情地绽放，只管满心欢喜地奔着欣欣向荣去。

只要全心爱过，凋谢，也无憾。

# 寻美廖沟河

早就知道廖沟河菊展开幕了，也在朋友圈里赏了好多菊花。心一直痒痒着，想去一睹金英们千娇百媚的芳容，奈何总被琐事牵绊，无法成行。

终于等到这个周六，忙完公事，虽然已近下午四点，还是心急火燎地往廖沟河公园赶。

从公园北门进去，越走越逛心越凉，眼前萧瑟的菊花给我的满腔期望兜头泼了一盆凉水。说好的姹紫嫣红呢？别人拍的花团锦簇呢？想象中的蕊美香飘争奇斗艳呢？踪影不见。只有稀稀疏疏的几盆几十盆花摆在一起，呆立路边，无精打采，好多外层的花瓣儿已经枯萎，是因为已经立冬？是等我太久伤心了吗？还是天天笑靥迎人已经疲惫？

好在庆祝新中国成立 70 周年的造型还有，远看周围浅粉紫红亮黄的菊花还算喜人，或许这些花儿也被国庆阅兵的喜悦气氛感染了，才会娇艳至今吧。

值班室门旁的几盆独本菊灿灿的黄色花球紧紧相拥，在这个雾蒙蒙的多云天里让我眼前一亮，一连拍了好几张照片。

但还是有些失望。

继续往前溜达，在一排枝繁叶茂的石楠旁边，看到一位坐在轮椅上的老人，满头霜雪写满沧桑。双手环抱胸前，搁在轮椅踏板上的双脚裸露着脚踝，任由这初冬的冷风无情地抽打，表情呆滞地紧盯着一处，一脸无奈落寞。旁边一个戴眼镜穿黑白格衬衣的青年可能是负责照顾老人的，但却坐在老人前面两步远的台阶上，自顾自玩着手机，脸上时不时露出来的笑意和老人的落寞形成鲜明的对比，唉，人老了有啥好啊，一股怜意于心底升起。

阴冷的北风又不看点事没有眼色地刮来，我紧了紧羊毛围巾，真有点后悔此行了。

正想转头回去，石楠树那边突然传来一阵欢快的笑声，清脆爽朗，索性过去看看吧，来都来了。绕过这一排绿色屏障，来到河边，眼前景象豁然开朗。

靠近水边，有一小片沙滩，好多孩子拿着铲子、水桶，开心地玩耍，几乎每个孩子旁边都有一到两个大人陪伴，三三两两的大人眼盯着孩子，有的热闹聊天，有的亲自上阵，耐心指导稚子挖坑填土，热火朝天里，亲情恰如旁边的廖沟河水，汩汩流淌。心生暖意，却又猛然想起轮椅上的老人，远远望去，老人依然独自枯坐，如枝头一片即将飘零的鸡爪槭，难道亲情的蔓延必然都是向下的吗？

沉思间，远处爽朗的笑声再次传来，循声前往，原来是几位中年女子身着汉服，拿着团扇，在菊花丛中摆着各种造型拍照，看到摄影师拍出满意的照片，兴奋得击掌欢呼。看几位大姐的年龄应该已知天命，没想到可爱起来也少女心爆棚。女人真是一种特别容易被感染的动物，许是她们洋溢的热情拂去了心上的阴霾，我也跃跃欲试，想拍两张美照了。

找谁帮忙啊？没带同伴一个人瞎逛，又没带自拍杆的自己，有点犯难。

犹豫着走到桥头，一大片芦苇留住了我的脚步，一直喜爱芦苇，虽然此时苇叶枯黄，还是特别想和它们合个影，踌躇间，从桥上过来一对老夫妻。老太太看来也喜欢这处景致，往栏杆上一靠，就催促老头："快拍快拍！"那边咔嚓咔嚓刚拍完，就迫不及待地伸头去看："我看看我看看好看不？"没想到老大爷挺幽默："什么好看难看滴，你这熊样儿都几十年了，我又没嫌丑过。"老太太扑哧乐了，顺手给了老头儿一记粉拳。这狗粮撒得我一点心理准备都没有，满是羡慕却毫不嫉妒，也跟着捡乐儿。

他们的快乐不忍打扰，等过来一位年龄相仿的美女，我鼓起勇气请她帮忙拍照，没想到她非常爽快地答应了，一连帮我拍了好几张，递给我手机的时候还一再问我："你看看行不？相不中我再给你拍。"我连声感谢："很好很好。"等她走远，我仔细翻看，照片上的自己笑靥如花。后来在这座桥上，我又尝试找了三位帮我拍照，都很爽快地答应，他们的热情恰如冬日暖阳，把我心里的阴霾一扫而光。

过了桥，看到一大片残荷，枯黑消瘦，头颈低垂，肃然静默，冷风中瑟瑟发抖，我不再惋惜它们的衰败，明白它们是在积蓄力量，等到明年春暖炎夏，它们会更加娇翠红艳。

再看那几棵四季常绿的雪松，曾经非常羡慕它们不用害怕凋落，可谁又能知道，它们常年单调寂寞的心里有没有羡慕身旁的银杏和这片残荷？羡慕银杏残荷们可以有更丰富的生命体验？这是自然规律啊，没有收敛和失去，怎么懂得珍惜拥有？

想到这些，不再伤感，回程路上，特意去看看那位坐在轮椅上的老人，却没有找到，或许已被家人接走了吧。沙滩上还有几个尽情玩耍的孩子们，欢快的笑声漾满傍晚的廖沟河。刚才走过去的时候没有发现，这片水边，居然有一大溜儿半人高翠绿的芦苇，正蓬勃着昂扬的生机。

出了停车场，华灯初上，回望霓虹闪烁中的廖沟河公园，又有了一种别样风姿。

这一趟寻美，真没白来。

# 苇美曹妃甸

暮秋清寒。

10 月 12 日。阳光格外的好，微暖，恬淡，不灼晒不燥热，一如此时温婉可人的曹妃甸湿地。

有幸跟随《西部散文选刊》（原创版）采风团走进这片“北方独有、全国罕见”的滨海湿地。在这个绵延 540 平方公里的天然氧吧里，酣畅地呼吸着鲜甜的空气，整个人神清气爽，被这汪深情的秋水洗涤的灵魂仿佛那只最爱栖息在这里的丹顶鹤，翅尖流淌着热爱，尾羽洋溢着赞美。

风吹香蒲水撩沙，鱼跃新荷惊晚霞。雁飞鸭落白鹭舞，任在塘中戏芦花。此刻，徜徉在这如诗如画的湿地美景中，虽然没有鱼跃新荷，只有满塘残荷静默，也没有看见万鸟争飞的惊人神奇，心头却无半点遗憾。

因为这片芦苇，更让我着迷。

其实，随着大巴车渐渐走近湿地，路旁时不时闯入眼帘的芦苇，就已经叩开了我的心扉，我热切的目光，一直在追随着它们挺拔俏丽的身姿，舍不得离开。渐入湿地深处，苇丛越来越多，心头小鹿乱撞，像刚谈恋爱的女孩看见心上人一般，既紧张不安，又渴望走近，想一亲芳泽，又怕不够端庄，而那些芦苇呢，棕褐色的芦花随风摇曳，故意逗引似的，片片细长的苇叶也跟着起哄，煽风点火，抛着招惹的媚眼，淘气地看着我。

车终于停下来了。

大巴车停在一处有观鸟台的院落，刚一下车，我就迫不及待地招呼同伴陪我去看心心念念的芦苇。

星罗棋布的块块水塘堤坝，是芦苇的天下，听当地作家说，这里的芦苇大多是铁杆芦苇，此外还有紫穗苇、紫根苇。其实，什么品种一点都不重要，在我眼里，它们都是那么美。

它们从《诗经》里款款走来，裙裾带风。

它们有那么美轮美奂诗意盎然的名字：蒹葭。

也是在这样一个深秋微凉的时节吧，太阳应该没有这么高，白露凝成的霜花打湿了少年的心。那个白衣飘飘袍袖飞扬的少年伫立秋水之畔，深情的双眸穿透雾霭，热切地望向心上的姑娘，可惜心上人却在秋水的另一方。

那位款立水涘的女子，纤纤素手当如凝脂霜雪；灼灼明眸是那汪沉碧秋水；飘飘衣袂，翩然欲飞。彻骨的相思，让这位少年清瘦如一枝芦苇，一任漫天飞舞的芦花，与晨露白霜一起，轻轻地，晕染着这汪清愁……

收回遐思，我急促的脚步越过一片残荷密布的水塘，径直走到一大丛芦苇旁边，迫不及待地抚摸着苇叶，像拥抱久别重逢的挚友：对不起，让你久等了。现在，我们终于可以好好聊聊了。

和它们并肩相拥，贪婪地吮吸着它们身上特有的清香，感觉格外踏实、温暖，忍不住握住一枝，把它纤瘦的腰身拉近胸前，细细端详：你们可曾看见那位素手纤纤明眸善睐的女子？可曾听见白衣少年心中热切的呼唤？你也是为他的刻骨相思憔悴至此吗？

轻轻抚摸着一穗儿芦花，爱怜的指腹小心翼翼摩挲着每一粒仔穗，它棕褐色的眸子一闪一闪，没有漫天飞舞的雪白，却鲜明地带有北方地区的质朴、热烈，忍不住问问：可曾去过采蒲台？见过水生吗？那些又薄又细柔滑修长的苇眉子，都在荷花淀的指尖上跳过舞吧？

一阵带着咸湿味儿的秋风吹来，苇叶轻摇，不需言语，我懂。

从前的曹妃甸，曾经只是渤海湾中一座形成于3000—6000年间飘零孤寂的带状小沙岛，涨潮的时候面积不足4平方公里；而今，这里依山填海、吹沙造岛，陆地面积已经达到了210平方公里！不仅有美丽如画的湿地风光，旖旎迷人的滨海风情，还有宏盛昌隆的大港气象，细密如织的道路桥梁，更有蒸蒸日上势如奔潮的经济建设，已经成为建设国际化沿海强市的主力军。

这一切，扎根此处的芦苇们自然比我清楚的多，不然，它们此刻为啥笑靥如花？岁月如您所愿，敬请放心安息，这话，它们也一定告诉水生们了。

一定会的。

和这丛芦苇聊着聊着，不由得想起了家乡微山湖湿地的苇海。

作为中国北方最大的淡水湖，微山湖国家湿地公园是亚洲最大的草甸型湖泊湿地。每到深秋时节，万顷芦花摇曳生姿，站在高高的观景台上，极目远眺，枯黄坚劲的苇秆上芦花飘雪，湖风拂过，白浪翻卷，似微山湖张开热情的怀抱欢迎八方宾朋，耳畔再听着《弹起我心爱的土琵琶》，想象着英勇的湖区人民穿梭在苇荡，扒火车、搞机枪、炸桥梁，像钢刀插入敌人胸膛，真是快哉！

“想什么呢？快过来，咱们该回去了！”

好友的一声呼唤把我拉回了现实，赶紧和面前的这丛芦苇挥手告别，快步走向集合点，坐在返程大巴上，虽有万分不舍，却无一丝伤感，我知道：这些芦苇长在微山湖也好，生在曹妃甸也罢，无论长在哪里，它们都是好样的！

# 追梦乌拉盖

2019年8月16日。

随着善解人意的飞机准时笃定地降落在霍林郭勒机场，我渴慕的双脚，终于算是亲吻到了魂牵梦绕的草原泥土的芬芳。

虽然见过春日夏风秋叶冬雪，也见过南水北山，东麓西岭，可朝思暮想的这片碧绿和瓦蓝，却一直无缘亲近。这次，借着《西部散文选刊》（原创版）和畅的惠风，我这片刚开始在文学路上追梦的云，终于得以悠悠地飘进心心念念的草原上空，扑进了天边草原乌拉盖美丽安暖的怀抱，幸运地走进了这个如梦似幻从天堂陨落人间的地方。

从千里之外的孔孟之乡一路飞奔，来到这世界上保存最完好的天然草原之一，自然要好好欣赏它隐藏于都市之外的芳容。而美丽好客的乌拉盖也毫无保留，把它的绝美风姿一一展现在远道而来的客人面前。

乞颜部落。

最先向我们敞开热情怀抱的是乌拉盖草原上最豪华的蒙古大营——乞颜部落，它让我第一次真切感受到了浓浓的蒙古风情：隆重的开羊仪式，香味扑鼻的烤全羊，婉转悠扬的马头琴，浑厚高亢的草原民歌，独具特色的蒙族舞蹈，精彩刺激的马术表演，热情洋溢的篝火晚会，一道又一道视听大餐让我们陶醉赞叹。

九曲湾。

在去乞颜部落的路上，我已经初步领略了乌拉盖美丽的草原风光：片片绿锦铺在公路两旁，远处连绵起伏的大小山丘错落有致。流动飘忽的云朵调皮地和日光玩耍，一会儿向东，一会儿向西，故意让它们的影子在山丘上晃来晃去，惹得山丘的颜色也跟着变来变去，一会儿深绿，一会儿浅黄，变换交错，动感十足。大片大片的绿锦上不时出现悠闲吃草的羊群，偶尔也有一小片牛群，几匹马，几头骆驼，和星散分布的洁白的蒙古包遥相呼应。不甘寂寞的风钻来钻去，撩撩蒙古包，挠挠牛耳朵，拽拽马尾巴，揪揪羊毛，但明显牛羊们对风的恶作剧已经司空见惯，理都不理它，搞得风儿好生没趣，只好去逗弄满地的野花和绿草了。善良的野花绿草们不忍拂了风的面子，开心地陪它玩着，于是，浅黄、淡紫、粉红……各种颜色就在绿草间晃来晃去，时隐时现，让我只恨自己眼睛不够用，咋就不是二郎神呢？

可等到爬上九曲湾的山坡，俯瞰这片被称为内蒙古大草原最美的净土时，我不单恨自己眼睛不够用，也恨耳朵长少了，更恨自己贫瘠干瘪的语言描绘不出它的美。

惊艳。

这是从我心里未经我允许就直接蹦出来的第一感受，是的，就是这两个字：惊艳！

伫立在白音敖包前面的山坡上远眺，对面舒缓起伏的山丘张开温暖的怀抱，把一片片的鹅黄、淡绿、嫩绿、深绿拥围起来，围成一个舒适慈爱的摇篮。发源于大兴安岭西侧宝格达山地的乌拉盖河，作为流域长 320 公里全国第二长的内陆河，流至此处，似乎特别贪恋这一份温馨，不忍离去，故意在此多拐几道弯，那蜿蜒曲折的身姿多像不想出嫁的娇羞少女，在向大地母亲撒娇。又像大地母亲颈上的项链，最神奇的是这串项链只有一侧生长树木，这些树木不知为何只喜欢在它的一边郁郁葱葱，难道是为了让这串项链更加璀璨夺目？

实在经不住绿草热情的诱惑，索性扑进它的怀抱，把自己整个交给它，惬意地躺下，把温热的感动最近距离地表达给这片草地。湛蓝高远的晴空一碧如洗，千姿百态的云朵摇曳着轻纱，演绎着动人的舞姿。看着看着，仿佛还听见云端缥缈的歌声，招引着我的心跟着飘上半空，好把整个乌拉盖收进眼底刻在心中。闭上眼，那些写云的诗句一个劲儿地噼里啪啦往外蹦：曾经沧海难为水，除却巫山不是云；行到水穷处，坐看云起时；云想衣裳花想容，大风起兮云飞扬，三十功名尘与土，八千里路云和月……耳畔风声清扬，蛐蛐欢唱，还有不知名的小虫发出新奇的叫声，欢迎我这远道而来的朋友。颜值超级在线的草儿们也不甘落后，载歌载舞，把脸埋在草儿们中间，我看到每一棵小草诗意的微笑，那么亲切隽永，我真想化成一颗露珠，若能在它们的叶脉上闪烁一回，今生，当无憾了。

可汗山。

膜拜过庄严肃穆的布林庙，畅饮了布林泉甘甜爽口的清津，瞻仰了成吉思汗弯弓射雕的塑像，我们来到了可汗山。

可汗山景区位于观音山脚下，占地1.3万平方米，在2011年建成，分为山门、苍狼之路、蒙元兵阵、蒙元帝王雕塑群四大部分，我们在大巴上远远地就能看见元太祖成吉思汗高达50米的头像雕塑，和元世祖忽必烈的巨型雕像。从山门进去，沿着苍狼之路拾级而上，我对路旁石柱雕像并不感兴趣，排列整齐的蒙元兵阵很像兵马俑，倒挺壮观，登上山顶，极目远眺，草原风光尽收眼底，让人心旷神怡。

可爱的动物们。

我们在乞颜部落木栈道上散步休息的时候，来自河北唐山的王少梅老师突然看见草丛中趴着一只黑灰色的小兔子，童心大发，惊叫连连，赶紧拿起手机，又是拍照又是录像，那只见多识广的小兔子对此早已见惯不怪，依然安详自在地吃草，颇有明星大腕的气场，直到我们忍不住离它越来越近，想再和它套套近乎的时候，它才十二万分不情愿慢悠悠地钻进木栈道下面的草丛里。王老师意犹未尽，麻溜地把刚拍的视频发到群里，迫不及待地和大家分享这份可爱的遇见。

有些动物也引起了我的思考。

大巴在草海里飘带一样的柏油路上遨游的时候，转过弯来，我们左手边的草野上出现一大片牛群，大家纷纷要求停车，想去和这群草原主人亲密接触。可等我们这些不速之客越来越靠近的时候，我却分明看到牛群在慢慢后退，有警惕性高的母牛迅速地护住了自己的牛犊，从这些牛儿此起彼伏低沉的叫声里，我似乎感受到了它们的抗议，是不是我们的到来打扰了它们的平静？让它们感受到了危险？影响了它们悠闲自在吃草的心情？虽然我们并无恶意，可我还是在心里默默地对这些憨厚的牛儿们说一声：对不起，打扰了。

在野狼谷，第一次近距离地看见了真正的草原狼。我对圈养在铁笼子里的这些草原狼充满深深的同情，它们孤独愤懑地在笼子里转来转去，看起来和一只家狗也无多大区别，特别是对那只体型硕大风采耀人的狼王，更是无限怜悯。看它那本应在草原上自在奔跑，叱咤风云的躯体被困在这方寸之间，我实在不忍多看。从它的眼睛里，它那根根向上骄傲竖起的毛发里，我仿佛看见它不屈的灵魂在悲怆地哭泣。

那些被散养着的狼们，活动空间略大一些，可还是笼中困兽，是谁，让它们濒临绝迹？哪里，才有它们自己的家园？

…………

我哒哒的马蹄在这片世外桃源自在驰骋了几天，但毕竟只是过客，归期临近，检点行囊，作为刚刚踏上文学之路的追梦人，我觉得自己最大的收获不是赏阅了这片草原的秀丽美景，而是从这些朝夕相处的作家们身上，学到了太多的东西。

在乌拉盖草原最大的蒙古包里，在西散原创组织的新时代散文创作高峰论坛上，我荣幸地聆听了几位前辈老师的教诲。

范诚老师：搞文学的一定要坚持初心，有好的心态，远离功利，沉下心去，执着勤奋。

鹿剑林老师：在世俗的世界里奋斗生活，在精神的世界里提升丰富。

来自山西榆次的清菡老师：创作要过语言关，要善于学习，取长补短，努力活成自己想要的样子。

毛南族美女作家刘应姣老师：始终坚持自己的方向，不要在意外界的干扰。

来自广东东莞的王散木老师结合自己的经历告诉我们：散文贵在本真，要避免公式化，模式化。

游磊老师一口正宗的河南话，让从小就爱听豫剧，也算资深戏迷的我倍感亲切：写作是一个人艰难困苦的长征，好文章要有力度，有风骨，有个性。

想起了在九曲湾山坡上，有幸和游磊老师、卢国强老师坐在一起，听他们探讨文学。游磊老师教导我，经典之所以成为经典，是在历经岁月的风华之后风采犹存的东西，你学写作，要先去读经典著作，多读，体会，领悟，再用心用情写出自己的东西。

梅雨墨老师：一篇文章光有血肉光丰满不行，应当有骨骼，才能站起来。

来自古城西安的解晚晴老师：文学是一盏点燃自己照亮他人的心灯，写文章的人首先三观要正，还要去写自己熟悉的生活，以自己熟悉拿手的体裁。

这次草原之行，我非常幸运地和解晚晴老师住在一屋。虽然她比我小 10 岁，但我发自肺腑真诚地叫她老师，不仅仅因为她这么年轻漂亮又出版了六本书，卖得最好的一本目前已经卖到了 15 万册；更是因为几天的相处中，她的细心周到、坦诚热情征服了我。第一天入住，她就买了好几种水果让我俩共享，每天进房间就主动烧好热水，每晚临睡前卧谈会上，都给我讲解分享她的写作经历感悟，指导我怎样写好文章。

她还有一个让我特别佩服的地方，作为一名陕西人，当她看到陕西作家陈彦的《主角》获得了茅盾文学奖之后，立马就在听书软件下载了这本书。每晚临睡前、早晨起床洗漱的时候，就打开手机用心倾听，跟着她，我学会了见缝插针的听书。

天意怜幽草，人间重晚晴。真好。

来自山东济宁的李木生老师在高峰论坛上给我们讲了《散文中的苦难意识》，讲怎样才能把作品写大，告诉我们当历史模糊的时候我们应该清楚，当历史清楚的时候我们应该清醒，我们应该在清楚清醒的时候认真思考，留下无愧于当下，无愧于后人的文字来。

李老师还给我们开了一列书单，告诫我们，读书是创作的前提之一。

说到读书，我想到了此次同行的王伟老师，家里藏书两万多册，他说起话来引经据典，知识面非常宽广，有时候听他和李木生老师聊天，他们聊的好多作家作品我听都没听过，作为一名语文老师，真为自己的知识浅薄自惭形秽。

李老师作为著作等身的大学者，我等后辈自然仰慕已久，但和他相识相处，这么近距离的接触，还是第一次。几天的相处，李老师的博学多才给我们留下了深刻的印象，他的绅士风度和体谅关爱他人，更让我们敬佩。一大桌人吃饭，年近古稀最年长的李老师会主动提着暖瓶给大家倒水，着实让我等年轻后辈汗颜。

李老师特别注意细致入微的观察，感觉他的眼睛就像放大镜一样，不放过任何蛛丝马迹。看见一棵不熟悉的小花小草，他会立即拿出手机拍照查询，说来惭愧，比李老师年轻许多的我，还是跟着李老师学会用“形色”小程序的。

他随身带着小记录本，遇到什么问题或者有什么想法就随时记录下来，对不明白的地方绝不含糊过关，而是反复询问，有了文思就抓紧时间写作。几天的采风，李老师几乎每天都有佳作问世。我们几个人同样在呼和浩特广场上看云，我当时也觉得这里的云变幻无穷，色彩斑斓，真的好美，可是，陶醉完了就完了，可人家李老师回去之后，立马就写了一篇《从大召广场看云》。自己终于明白了和作家的差距在哪，差的不仅仅是渊博的文化知识丰厚高深的学养，还有这些细致观察、认真思考、总结感悟、及时写作的好习惯。

…………

美丽的乌拉盖，感谢你让我带着满满的行囊，不虚此行。

我会把你的名字放在左心房那处最温暖的地方，想用余生为你暖一盏茶，想借着浅秋静美的时光，举一杯用真诚和感恩酿成的酒，敬你！

因为你，我的梦想不再遥远。

# 137 度爱恋

一杯清茗，一把纸扇，拂面的是阵阵清风，缕缕茶香，倾心的，是丝丝美妙，淡淡陶醉。

一把美丽的折扇舒展开来的角度是 137 度，黄金分割，恰到好处。

炎夏酷暑，虽然空调常伴，但我手边却常放一把纸扇，这古色古香，独有中华特色的纸扇舒展开来就是一片风景，或梅兰，或山川，或云烟，抑或是伴着诗词歌赋的仕女少年，都曾在这 137 度的精致扇面上留下风采。这优雅的弧度徐徐展开，回忆，就带着阳光暖暖的微笑摇着一船缤纷的光影扑面而来。

写作和瑜伽，恰如两把有着 137 度优雅弧度的中华折扇，在两年前的炎炎夏日给我送来了丝丝清凉。

爱好写作，由来已久。

从小学三年级时第一篇作文《我家的小花猫》被老师当作范文在班里诵读开始，那些自带神秘光彩的文字就张开轻盈的翅膀，呼啦啦飞进我心底。求学路上，最爱上的一直是作文课，最陶醉的就是老师让我站在讲台上诵读自己的作文，最有成就感的是高中时，习作《乡间说书人》刊登在《中学生阅读》上。

可惜，上了大学，贪玩犯懒，不想动笔，后来，繁忙的工作，结婚生子后繁重的家务，更将写作束之高阁。一直到两年前的暑假，一次偶然的机会，我认识了济宁市散文学会的陈红老师，年少的梦，在此时，穿越时光隧道，慢慢地将我拉回到了少年的那段时光。那些豆蔻年华时最爱读的诗歌，最爱看的小说，又在脑海里鲜活起来，让我重新拾起了荒废已久的文笔，开始了跌跌撞撞的笔墨耕耘。越写越顺手之后，偶有小文小诗发表，成就感、喜悦感让我对这些点横竖撇捺更加热爱，荣幸地加入邹城市作家协会和济宁市散文学会之后，这些宽厚温暖的娘家人对我的写作给予了很大的帮助，让我更想在时光里煮雨，禅园里听雪，一颗蒙尘的心，在这些端庄别致的方块字里，得到了净化。

文字，让我的梦有枝可依。

去年，因缘际会，有幸结识了《西部散文选刊》（原创版），成为西散大家庭中的一员。作为文学路上刚刚起步的一名新兵，今年夏日参加了西散组织的“走进乌拉盖，相约内蒙古”大型文学采风活动，在风光旖旎的大草原上，和众多文学大家一起赏美景、吃羊肉、看蒙族歌舞，得名家指点，“掬水月在手”，草原之行，收获多多，回来后怀揣万分感动，写了《追梦乌拉盖》一文，以资纪念。

清寒十月，再次跟随西散参加“滦河之韵”金秋笔会，跟随众多散文名家徜徉美景如画的曹妃甸滨海湿地，品“冰火两重天”剧毒又美味的河豚，夜游滦州古城，听名家讲座，为我的文学梦插上有力的翼羽，激励我勇敢地为文字的飞翔磨砺翅膀。

西散，你，携一缕清凉缓缓而来，撩起了我执着追梦的悠长。

千淘万滤的辛苦换来了甜蜜的收获，今年，小文《忽然想念蒋苏宁》荣幸地登上了《散文百家》的书页。

感谢文字，它让我的心慢慢沉淀下来，让我能够在繁杂的俗务中静心思考，等一等身后的灵魂，修一修尘世间出尘的枝叶，听一听梦想舒缓的汩汩流淌滋润心田。不给自己太大的压力，不去计较名利，学会给生活做减法。读读自己喜欢的书，书香盈袖之余再用文字记录下心灵旅行的痕迹，能够做自己喜欢的事，本身就是一种幸福啊，慢一些又何妨？就像那把折扇一样，只需要137度热爱，浅浅的喜欢，淡淡的爱恋，痴痴的追求，足矣。

唯有这样，这些优美的文字才会在自己的心田上开放出这样一朵花吧，清雅、芬芳、柔美、宁静。

修炼瑜伽，也是如此。

不过，我的瑜伽之路，走得并不顺畅。

也是在两年前的暑假，一个热心的朋友带我走进了小区的静悦瑜伽馆，彼时对瑜伽一无所知。带着八分好奇，两分懵懂，体验了第一节瑜伽课，跟随着教练的指导，抬臂、弯腰、屈腿、下蹲……一个小时下来，太累了！只感觉全身僵硬，肌肉酸痛，很多体式都做不到位，第一堂体验课：完败。

特别是第二天起床后，肩膀胳膊不听使唤，酸痛得严重，肚子和腰，也像成了别人的，不听自己指挥了，哪哪都不得劲儿，哪哪都不舒服。

立马打了退堂鼓，第二天晚上，死活不想去了，好友连拉带拽，连哄带劝：可以免费体验三节课呢，不练白不练，说不定再练两节就好了。盛情难却，带着不忍伤好友情面的心思，第二节课勉强硬撑下来。

到了第三天，说也奇怪，虽然依然浑身酸痛，但抵触情绪明显没那么强烈了，跟随着轻柔舒缓的音乐，看着教练优美的指导体式，听着她对瑜伽的讲解，再配合上呼吸，做动作的时候慢慢感觉到了自己的进步。特别是做完规定体式，躺在瑜伽垫上做休息术放松的时候，教练关闭灯光，在漆黑的屋子里，闭上眼睛，伴随着轻柔灵动的禅乐，听着教练深情舒缓的语言指导，身心彻底放空，一节课结束，疲累依然，但精气神却不错。

就这样，慢慢地，在一节课一节课的坚持下，居然爱上了瑜伽。

不知不觉，竟然已经习练两年。其中虽然也有偶尔的间断，但好在，坚持到现在了。

随着习练的久长，对瑜伽也从一无所知到现在的熟悉，两年的相处，瑜伽教会我太多东西：

从初练到现在，我都是馆里最笨的一个，基础体式做得都很勉强，更别说有难度的体式了，每一节课上得都比别人吃力，每次看到一起习练的学员动作优美进步快，就很自卑。杨静教练一再告诉我，瑜伽是一面镜子，让我们从内向外看自己，每个人的身体条件各不相同，不要和别人攀比体式，自己尽力做到极限就好，感觉特别不舒服就调整一下。瑜伽的每一次拉伸都是肌肉的每一次认识，今天我的极限停留在哪里，就是哪里，不贪求，不过度，只要坚持不放弃，就会慢慢进步。习练瑜伽不要过度追求体式，应该注重这个过程中身体的精微感受，在一个个扭转、拉伸中用心体会身体的酸麻胀痛，在酸疼中学会接纳，在呼吸间学会稳定，在焦躁时学会忍耐。在习练瑜伽体式的过程中，我学会了调整的艺术。

瑜伽教会我坚持，每每工作疲累的时候，就想给自己的懒惰找些借口，时不时地会有放弃的念头冒出来。每到这时，杨静教练就会督促我：世间很多的事情，坚持最难，坚持也是一种生活态度，选择了，尽力了，坚持了，也许下一个转角，你就能遇见最美的自己。

我们瑜伽馆有很多我喜欢的课程，比如肚皮舞，舞韵瑜伽，普拉提，球操，高温瑜伽、空中瑜伽等。这些课程里，我最喜欢空中瑜伽，它除了能让我脱离地面，体会到飞翔的感觉外，还有许多倒立的动作，让我学会换一个角度看事物，从而更懂得换位思考，体谅他人，心怀慈悲，不乱指责。

瑜伽的静坐、冥想和舒缓的音乐也让我从时常紧张焦虑的情绪中慢慢地放松下来，心态逐渐平和。每次结束时的放松术让我懂得，人要学会适当地清空自己，清空才能更好地接纳。正是这一次次的习练，一个个体式，教会我沉得下心，弯得下腰，低得下头，懂得谦卑和感恩。

瑜伽，让我的心找到了回家的路。

瑜伽，由吸气开始，呼气结束，一呼一吸是一个历程，也是一个轮回，这个过程顺其自然，不过分苛求，就像生活，顺从其美、随遇而安，不用过分执着，安心沉浸在里面就好。

如果说360度是完美和圆满，显然，我现在的写作和瑜伽水平距此尚远，有很多的缺憾，但，缺憾何尝不是另一种美好呢？如断臂的维纳斯。

有人说，不疯魔不成活，我却不这样认为。

写作也好，瑜伽也罢，很多事物，于我而言，137度的爱恋，刚刚好。

# 爱在桥影流虹处

浅秋 8 月。中元夜。

芷汐沿着小河东岸一脸落寞地慢慢走着，虽已立秋，暑风热情犹在，努力扯起她白色连衣裙的一角，想帮她抚平衣裙上的折痕。芷汐抬起右手，把垂到眼角的一缕头发抿到耳后，顺势抹掉眼角的泪珠。

善良的晚风，你抚得平衣上的皱痕，抚得平心上的伤痕吗？

芷汐凄然一笑，依然对夜风默默道谢。

许是经历薄凉渐多，现在的每一点温暖，都让芷汐感激不已。

远处，顺航大桥上 1700 多盏灯，在 54 道斜拉索上拼命亮着，那 54 道琴弦和底座栏杆上绚丽的红黄蓝绿，夜幕中弹奏着动人的光影变幻曲，桥身和倒映在水面上的三角形倒影恰似蝴蝶的一对翅膀，仿佛随时都会去花丛翩跹起舞。

许是因为生在湖畔，芷汐打小就亲水，看见各式各样的桥也都觉得一见如故，尤其喜爱古朴雅致的拱桥。每每读到“初月出云，长虹饮涧”就格外动情，无数次想象，自己住在小桥流水人家的诗画江南，白墙黛瓦，轻罗小扇，发髻高挽，水墨旗袍罩着一个水漾佳人。

共同的爱好，让她和同村的芷依成了最好的朋友。

她俩一起在河汊捞鱼摸虾，一起跳皮筋踢毽子丢沙包过家家，生活的贫困没有减少童年的快乐，彼此的陪伴让她俩内心安暖，互相把对方的家当成自己的家。打打闹闹相依相伴着走进初中、高中，住读，一起走一起回，一块咸菜分着吃，好看的衣服换着穿，相互吐槽八卦，彼此无话不谈，熟知对方的小秘密小癖好，抛出的梗儿，对方立马接得上。除了上课，几乎形影不离的她俩约定，要做一生的好姐妹。

为此，还特意起了姐妹网名，一个叫乔芷依，一个叫乔芷汐。

只愿一生珍惜。

初中时的那个月夜，芷依和她趴在桥中间栏杆上，看月亮安稳地转动着它齿轮般的梦，桥东头那棵大树的枯枝高高印在深蓝的天上，像青花瓷上的冰纹。芷依手里绞着她的小辫子，说，桥多好啊，能把这边和那边连起来，这就是我喜欢桥的原因。

我又何尝不是呢，芷汐想。

现在的芷汐却非常痛苦，她和芷依之间的心桥，怎么就断了呢？

她俩都不是贪心的女子，不奢求大富大贵，只想平淡一生。可生活的大手还是把她俩越分越远，一个扎根北方小城教书育人，一个高考落榜去了南方打工，也许从那时起，她们命运的车辙就分开了吧。各自有了自己的新朋友新圈子，新的生活轨迹，结婚、生子……太多的尘世烟火柴米油盐，把当年眉眼清秀亲密无间的两个女子，都浸染成了面目模糊的中年妇女。

时空和距离并没有让她们彼此疏远，网络世界里，两人依然是彼此间最好的良药，数不清的欢声笑语冲跑光阴的平淡。

世间好物不坚牢，彩云易散琉璃脆。

这一切，随着去年夏天的那次意外，一切都结束了。

当消息传来的时候，芷汐完全惊呆了，她根本想不到，看起来文文弱弱的芷依，居然跳下水塘，奋力把一个不慎落水的小女孩托到岸边！自己，却没能上来……

芷汐心痛如绞，走到一棵柳树下面，抓住一条低垂下来的柳枝，顺着灯光往上看，无数枚叶片挨着挤着，夜空中闪闪烁烁，每一枚，都像芷依深情凝视的眼睛……

泱泱河水东城暮，伫与何人守落晖？

人到中年多伤感，更何况是今天这样特殊的日子。

夜风渐凉，芷汐往前走着，抬头，看见一弯眉月，在大桥上空温柔注视，似乎守候已久。

真像那夜的月亮。

红尘漫漫，也许，有的人走着走着就走散了；也许，有的人就像那弯月亮一样，即使相隔甚远，也走不出自己的思念。

此时的顺航大桥也以温婉怜爱的目光告诉芷溪：相信爱，爱就在。只要曾经拥有，就已是幸运。

“我走了，你要替我好好活。”

夜风轻抚发梢，仿佛芷依的嘱托在耳畔呢喃，芷汐轻轻抹一抹眼角，用力甩甩头，向着前方的大桥和那弯新月，走去。

# 一树紫丁香

猝不及防，和一树紫丁香撞个满怀。

这株小小的紫丁香，悄没声地藏在几棵粗大的白色海棠后面，如果匆匆走过，也许就注意不到它了。

幸好在唐王河边遛弯的我走得慢慢悠悠。老天虽然阴沉着脸，但眼前的桃红柳绿还是让久宅家中的我心情很好，一路溜溜达达，一路拿着手机东拍拍西照照，只觉得眼睛不够用。走过一片紫荆和樱花，转过一个小弯，猛然看到了这棵紫丁香！

它就那么一脸娇俏，楚楚动人，又有点怯生生地站在那里，一下子，就把我的心抓住了！

旁边几棵高大善良的海棠树张开温暖的怀抱，宠爱地庇佑着这棵小可人儿。朵朵白色泛着点微微红晕的海棠花，衬得这棵丁香的紫色更加鲜嫩。它看起来娇小柔弱，个头还没到我的鼻尖，但开起花来却毫不含糊，泼泼洒洒，六七根手指般粗的枝条顶端，一蓬蓬、一簇簇、一团团，小小的四瓣花挨挨挤挤，争相绽开笑脸，盛开的，向四方伸出的柳叶型花瓣尖尖朝后，仿佛把翅膀展在背后，在芳香的国度里正挺起胸膛用力飞翔。刚刚绽开花苞的，则是四瓣花尖向内向上，正像孩童托起的小小手掌，等着接住母亲给予的一切美好礼物。所有绽放的花瓣儿，都是紫色中泛着点纯白。而一穗穗顶梢上，还在紧紧拥抱不舍得分开的花苞，则是完全的深紫色，热烈而浓艳，像蒙着红盖头的新娘，在甜蜜娇羞地等着揭开谜底的瞬间。

我爱上了这个小可人儿。

虔诚地360度和它拍了一张又一张合影，做了一个又一个深呼吸，让它纯洁的香气把五脏六腑洗涤了一遍又一遍，张开双臂把它抱了一次又一次。

在它旁边坐下来，和它聊了好久。

还是舍不得走。

暮春的余晖从河道爬上来，越过干枯的苇尖和路上那些没有姓名的脚印，来到我俩身旁，悄悄劝慰：爱过，就好。

是啊，只要在心里，多远都不叫距离。

起身，轻轻拍掉衣服和手上的土，把不属于我的灰尘还给俗世，只把感动和真情带走。

走了几步，回头，再看看我紫色的小精灵。它闪闪烁烁的眼睛里满是留恋、鼓励和信赖。

我的心意，它懂。

# 奇　遇

“哎哎，你听说了没？丁香得病了！”

风风火火的刘二嫂，挎着一篮子荠菜，刚一进院门，就急吼吼地冲着蹲在地上剁菜叶的刘二哥嚷嚷。

刘二哥一时没反应过来，头也没抬，也没停下剁菜的刀，一边继续“啷 啷 啷”，一边漫不经心地问：“哪个丁香？得病？得啥病了？”

刘二嫂一把拉过二哥旁边的凳子，一屁股坐上去，抬手抹抹头上的汗，用两个指头戳戳二哥的肩膀：“你咋忘了？就是邻村的丁香，你小学初中同学，你俩不还好过一段吗？”听到这里，二哥手一哆嗦，慢慢放下菜刀，一脸惊愕：“不可能吧？你听谁瞎说八道？”二嫂腾地站起来：“不是瞎说，是真的，这不先会儿我们几个去挖荠菜，听她们村小翠说的，错不了，是白血病！不行渴死我了，我得麻溜儿地喝口水去。”

刘二嫂转身进了屋。

刘二哥不再剁菜，思绪随着墙边几只跑来跑去的公鸡飞走了。

一个扎着羊角辫的小女孩蹦蹦跳跳地从记忆里走来。

二哥家和丁香家是邻村，附近几个村，就丁香那个村子最大，学校就设在那个村。二哥从坐在丁香后面开始，就喜欢上了这个扎两个朝天辫的同学。为了吸引丁香注意，二哥拼命学习，回回考试都考第一，班里有活都抢着干，还经常帮着丁香打扫卫生。慢慢地，丁香也喜欢让刘二哥讲题。丁香家就住学校旁边，老师给丁香配了把教室钥匙，丁香就喜欢放学后在教室里写会儿作业，刘二哥每次也是磨磨蹭蹭，在教室里写会儿作业，放学后非得最后一个才走。

班里有两个喜欢丁香的小子，故意欺负丁香，往她书包里塞毛毛虫，被刘二哥逮住狠狠地揍了一顿。从那以后，再也没人敢欺负丁香，这几个坏小子就在背后嚼舌根，说丁香是刘二哥的小媳妇。

懵懵懂懂上了初中，羊角辫变成了乌黑油亮的长辫子，两条扎着蝴蝶结的长辫子天天在二哥心里晃来晃去。中学在镇上，离家远了，得骑自行车上下学，二哥每天早上都去丁香家巷口等着，等丁香推车出来，放学再陪着丁香一块回家，两人都有了点意思，风言风语很快传到丁香娘耳朵里，丁香娘嫌刘二哥家穷，天天让丁香的五个哥哥轮番接送她上下学，不让刘二哥再和丁香来往，威胁刘二哥再敢找丁香就打断他的腿。

任凭丁香哭闹，丁香娘就是不松口："我就你这一个宝贵闺女，可不能眼睁睁地看你往那个填不满的穷坑里跳!"

两人的成绩一落千丈，都没考上高中，丁香就跟着外地的姨学裁缝做衣服卖衣服去了。二哥回到村里，倒腾一亩三分地，平时跟着村里的建筑队干活，成了泥瓦工。

再往后，听说丁香的姨给她介绍个有钱的对象，在镇上做生意，丁香嫁到镇上去了。好几年之后，家里穷得叮当响的刘二哥才娶上了媳妇，就是现在的刘二嫂。

那么好的人，咋就得病了呢？还是白血病？二哥想不明白。

刘二嫂端着水杯从屋里出来，坐在二哥旁边，把杯子递给丈夫：“唉，听小翠说，丁香也是个苦命的人。她娘倒是疼她，就是有点势利眼，丁香的男人原先是有钱，可后来不正干，迷上了赌博，家底子都被他败光了，喝点酒还打丁香，嫌丁香不生孩子。整天喝酒不着家，家里家外都是丁香一个人苦心扒拉地操持，眼看着日子稍微好点了，谁知道她又得了这个病。”

刘二哥一脸愁云：“人各有命，咱能咋办？咱又帮不上啥忙。”

刘二嫂一把夺过水杯：“你这话说的，咋帮不上？想帮就能帮！”

二哥拼命把小眼睛睁到最大，不相信地看着媳妇：“你没说胡话吧？你真打算帮她？你以前不还记恨着我俩好过那段吗？”二嫂不好意思地笑了笑：“没错，刚嫁过来那会儿，听街坊说你俩好过，我是有点记恨，可咱俩过了20多年了。你俩啥事都没有，你又这么真心实意地疼我，我心里能没数？再说了，那年咱儿子掉进村口水塘，不还是人家丁香正好路过，拼命喊人给捞上来的吗，后来咱儿子在镇上上学，人家丁香还隔三岔五地偷偷送过好几回东西。儿子到现在还念着丁香姨的好呢。人心都是肉长的，现在丁香有难了，咱能装不知道？咱有钱帮钱场，没钱帮人场。咋也不能不管吧？”

刘二哥激动地腾一下站起来，拉起媳妇的胳膊，把媳妇抱起来转圈：“没想到我刘老二这么有福，娶了个这么通情达理的好媳妇！”

刘二嫂一脸娇羞地挣扎：“哎呀，快把我放下来！都四十好几的人了！让人家看见笑话！”

两口子坐下，盘算着怎么帮，手头上有五千块钱，先拿着，两人一起去医院看看丁香啥情况。

到了医院，才知道这病要想治好，得骨髓移植。可丁香的亲人里面配型都没配上。二哥转身和媳妇商量：“要不，我也抽点血试试？万一瞎猫碰上死耗子呢？”刘二嫂大义凛然地支持丈夫：“来都来了，试试呗！有一点点希望也好啊，我也试试！”

配型结果出来了。

谁也没想到，刘二嫂居然配上了！

原来，丁香2岁多的时候，在家门口玩，被人偷偷抱走，辗转被一心想要个闺女的丁香娘收养。

这个丁香，居然就是刘二嫂家走失的那个大她2岁的亲姐姐！

# 我在凤凰等你

傩送：

深秋。暖念。

此刻，风，轻柔，她乘着夜的翅膀，在一片黄叶和一片黄叶之间，在沱江的这岸和那岸，在沙湾这座吊脚楼和那座吊脚楼上，安排着离别，遇见。

她纤长的手指穿过虹桥风雨楼，撩拨着沱江里圆润的月亮，轻轻推开月的围墙，我的思念就漾了出来。沱江清浅，深情厚重，碰在一起，叮当作响。

是的，我又想你了。

想念一个人应该是幸福的吧。还能够想念一个人，默默地，悄悄地想，多好啊。

傩送，你走的时候，也是这样一个月夜吧？

那天晚上的月，应该比这更圆更亮。天幕纯净，不染一丝埃尘，你顺着自己手掌脉络里蜿蜒的渴望走了。疼，我的心，阵阵抽搐，你该知道的，它早就滑落在你掌心生根发芽了啊。你走了，带走了寒凉，也带走了温暖，从此，我的生命只有一季。

为你，相思成殇。

傩送，你清澈的眉眼，应该还是当年那样。你眼神里的火，在我的天穹一直跳跃，你的双臂，抱过花朵抱过雨水抱过烈酒，抱过老天的好脾气坏脾气的双臂，依然健硕。你咚咚响的大脚板在我命运深处，踩出枝头摇曳的浅绿深绿，踩出繁星，光。

天空仿佛还和沱江水一样蓝。

可是，傩送，天已是新的了，夜风也是。灰尘不是之前落下的灰尘，石板老街上的印痕也一天天新鲜着。

傩送，我知道你有你的无奈，我也理解你对爷爷复杂难言的感情，对天宝的歉疚，可是，你怎么忍心抛下中国这座最美的小城，抛下凤凰山上永远灼灼的野花，抛下满眼是诗的沱江，走那么久，那么久？

傩送，我不是山重水复的过客，我是千帆过尽驻足的归人啊。

傩送，我在荆棘丛生的光阴里，为你揣一方云烟，守一树梨花，伴一江莲荷，栽一株红豆，成一道美景。

可是，傩送，我只想与你相守一隅，共度人间烟火。不想美成画，美成凛冽的诗歌。

沈从文先生说，美，总是难免让人伤心吧。

傩送，你的翠翠不想再伤心了。

等你回来的时候，傩送，现在的凤凰，你还认得吗？

傩送，多想让你快点回来，坐在我的渡船上，把你那夜唱过的情歌再轻声唱一遍。我的头羞涩地靠在你的肩上，看善良的白月光把我俩的手拉在一起，十指紧扣，我小小的脚丫撩起清清的沱江水，浇上你宽大的脚背，给你盖个印章。此后，你再也不会远行。

人家说，一洞一桥一沱江，一宅一家一祠堂，一宫一楼一边墙，还有沈老熊凤凰。我更想和你一起牵手漫步，走遍凤凰每一寸角落。踩踩回龙阁古街的深深巷陌，摸摸北门古城楼斑驳的红砂条石，听听万名塔铜风铃的秋日悄悄话，在田家祠堂戏台的六角飞檐上捡捡掉落的锣鼓声，在沱江跳岩上蹦过来跳过去，在桃花岛的篝火边自在飞旋，感受西门峡漂流的动人心魄，看吊脚楼的倒影在江水里嬉戏玩耍。在号称"聚山水灵韵，锁前世今生"的许愿亭许下我们共同的愿望：山河永固，人间皆安。

也去人迹罕至、原始生态保存完好的乌龙山，看看那里风光奇异的怪石、悬崖、石柱、奇峰，在蜿蜒秀丽的乌巢河峡谷感受瀑布"飞流直下三千尺"的壮观。喝一口乌龙洞的清泉，想想我英勇的人民解放军智斗土匪的酣畅淋漓。

更要去杜母园沈从文先生的墓地叩拜，亲手抚摸那块高1.9米、重6吨多的天然五彩巨石，把"照我思索，能理解我，照我思索，可认识人"刻进心扉。抓一把凤凰山的沃土，用清冷的沱江水浇灌，让这些字的点横撇捺，在我们敬仰的心田里，扎深深的根，发嫩嫩的芽，抽绿绿的叶，开红红的花。

饿了，我们就来一碗苗家酸汤，配一碗凤凰凉粉，再要一盘凤凰腊肉，尝尝血粑鸭的味道和以前有什么不同。渴了，我们就在望晴楼茶室泡壶黄金红茶或者古丈毛尖，和深邃内敛的南华山聊聊天，看看沱江上空瑰丽迷人的烟火。

走累了，我们就住进咱们凤凰唯一一家轻奢型人文庭院式酒店。

雪晴集酒店。

傩送，你知道，我有多喜欢雪吗？

我有多喜欢冬天的凤凰吗？

最喜欢晶莹的雪花出嫁的时候，点点洁白亲吻着古城的安详恬宁，整个凤凰成了世外桃源。不知道该怎样形容她的美。没有喧嚣，没有张扬。不华丽，不做作。娴静，素雅。孤独，迷人。

一座古城一场雪，一次遇见一生情。

我的心在岁月的斑斓里，被凤凰飘飞的雪花纯净成一幅水墨。

不染俗烦。

傩送，我们在草木之间行走，我想乘着如霜的月色顺着雪片游回云里，看我们一步一景温婉俊俏的雪晴集，在南华山下笑靥如梅。我们陶醉在她绯色的酒窝里，关闭漫天风尘，裹紧往事，让那些错过的时光，重新启程。你张开羞涩的怀抱，我像一只最温顺的猫咪偎在你的怀里，看古铜色的汗珠在你青春的脸庞上发出诱人的眩光。窗外，善解人意的雪花在沱江上裙摆飞扬，在虹桥上雕刻百合。

绿蚁新醅酒。

我们一饮而尽。

傩送，回来吧。

我等你牵我的手穿过千疮百孔的黑夜，等你从朴素简静的村落动身，等你从每瓣雪花里点燃我清瘦的心事。等你打马归来，我永远的白衣少年郎。

我在凤凰，等你。在雪晴集，等你。

# 良 月

纯棉的夜空，一轮炫白的圆月高悬，如打坐的老僧，参透人间悲喜，却不说破。

一任凡俗中的我，独自在楼下徘徊，拜托初冬冷风的手掌，把思念系上轻盈的鸟翅，穿过生活的粗粝和寒薄，穿过苦楝树上串串相思豆，穿过耐心等待昂首苍穹的法桐枝丫，寻找月隙间热泪盈眶的点滴。

等待和寻找，是多么揪心的主题。

幸好，每个心碎的时刻，有月伴我。

痴迷月光女神清澈的眼神，崇拜她用自身洁白照亮世间的黑暗。

痴迷如月光一样的你。

那时的你，那么年轻，白衣胜雪，黑发如墨，眉眼俊朗似月，一颦一蹙就是一首动人的诗。你在树荫下伫立，带着不经世事的飘逸，无须言语，就成为我此生最美的眷恋。

可年少的你却固执地以为他乡的云霞最美，家乡清冷的湖水留不住你远航的小舟。为了丰盈背上的行囊，你甩甩头，不顾一切地奔向远方。也把我的心我的痛我的期待甩在身后，甩进浮世的云烟。

让我把所有的日子都刻上你的名字，从此，夜夜，枕着思念入眠。

比如，今晚，当我抖落一襟风尘，在这静谧的夜里，点亮心灯，虔诚地打开一本书，吮吸永不凋谢的文字里灵魂深处的香气时，你又在点横撇捺的方块中缓缓走来，在潺潺流淌的墨香温婉的平仄里浅吟低唱。

回来吧，我仗剑天涯白马青衫的少年郎。

回来吧，这里会让你终生魂牵梦绕，让你疲惫的魂魄得到安心的休养；这里会是你心底最柔软的荡漾，能让你在灰暗的日子也能浅笑嫣然，为你撑起心海每个扬帆的梦想；能用蘸满幸福的手帕为你擦亮未来，让你踏实笃定地用双脚丈量余生每一寸时光。

回来，你不用焦虑明天的太阳是否艳丽如昨，无须惆怅绿叶落尽的那一树苍凉，不经历那些竹杖芒鞋痛彻心扉，怎知感恩相守才是最美的来日方长？

回来吧，走得再远，也不要忘了出发的地方。

带着你的绿酒，回来吧。

我再也不用翻遍光阴每一个角落，寻找，找寻你温暖明媚的笑靥。

如果你来，请务必带着竹林明月和高山流水，带上那顶用老屋旁的狗尾草编织的草帽，和那把用真诚精心打造的纯洁的紫砂壶，带着三月的秋千和八月的桂花，我为你素手烹茶，松花酿酒。然后，我们等，等丝绸一样的山风，吹走虚伪敷衍和伤害。然后，举杯，干了这杯江湖，我们就从童年启程。

重新开始。

等你回来的时候，我们在如银的月色里，并肩坐在这棵开满紫花的楝子树下，你用宽厚有力的手掌紧紧攥住我的纤手，我们十指紧扣，再不松开。

月光洗净过往，你每一条皱纹，都不染尘烟。你贮满沧桑的眸子是一口井，让我一眼万年。

你给我聊聊苏轼的《定风波》和我喜欢的醋溜土豆，说说你一路走来的关山风月，和我等在季节里寂寞憔悴的容颜。你爱怜的手指小心抚过我如瀑长发，你知道，我的长发为你而留。

你也应该知道，曾经，我多么喜欢这首歌：

你发如雪，凄美了离别，我焚香感动了谁。邀明月，让回忆皎洁，爱在月光下完美。

也许，每个女子都在留长发的日子里，编织过这样柔情万种的梦吧！梦见有人从后面轻轻拥住自己，女子低垂的青丝环住发烫的脸，一双温柔的手撩起女子的秀发，抚摸，挽起。娇羞女子淡扫娥眉，低声问夫婿，深浅入时无。

“宿昔不梳头，丝发披两肩。婉伸郎膝上，何处不可怜。”

我也渴望能有这样的时刻：我油亮顺滑的长发如生命源泉，旖旎着细碎的光泽，良辰美景，月影婆娑。我着一身素色长裙，古朴雅致，清丽可人，为你舞一曲《霓裳羽衣》，袅袅依依，韵味隽永。三千青丝，绾住君心。

我们，说尽相思。

之后，我给你好好讲一讲我们的城。

它曾经的名字叫邹县，很久很久以前，有个叫孟轲的在此养浩然之气，后来，人们都叫他“亚圣”，孟子的母亲是中华贤母之首，教子的智慧在机杼声里悦耳动听。曾经，匡衡凿壁偷光发奋读书，万章墓就在后万村正东，韦贤、韦玄成父子宰相，刘表、王粲、王叔和……那么多那么多的名字闪耀在我们的城市上空。

我要带你去峄山古庙会上逛逛人间烟火，亲近上九山古村石屋石墙的沧桑。凤凰山和泉山沟一定得去，还要去蓝陵古城逛一逛。

我更要带你去问候孟府腼腆的玉兰，拜访娇艳千年的流苏。在赐书楼下，仔细欣赏这两株流苏怎样绰约着南唐北宋的清词丽韵，亲耳聆听那一瓣瓣温柔的呼唤，拜读那穿越千年苍凉的清香写就的痴情诗行。

流苏，这个名字和你的名字一样美，是星辰大海，是沸腾的火焰。这么美丽的名字让我忍不住想长在她的心上，变成她疼爱的一片。

她们不怨天不尤人，静心修炼，不踩踏脚下的虫蚁，不艳羡华丽的冠盖，只把追求的目光投向湛蓝高远，贫贱不移威武不屈。

我们要向流苏学习，只要真心付出了，不需管朝暮还是万年，灿烂地全心绽放过，人生，就已丰满。

然后，我们在最爱的月色里，在故乡的小院，等待一瓣雪花。

等待晶莹的故事徐徐展开。

我早早地就为这瓣雪花打开柴扉，用夕阳的余晖第九遍洗干净手，用以前写的诗歌散文，把鸡狗鹅鸭们喂饱，赶进圈里；把上次写的那篇小说掰开揉碎，撒给栖息在故乡柴草垛上的乌鸦，那些懂事的牛羊也安静肃穆。

我们把呼吸和心跳调到静音模式，关闭喧嚣的灯光和星空。

等这瓣雪花悄悄落在掌心，黑夜完整，所有的月色有了亮晶晶的意义，雪花六角形的眸子一闪一闪。

天就亮了。

总有一些等待，在岁月深处，在时光河底，在等待之中，在等待之外。

等到转角，遇见爱。

只要有月，人间，就多么值得。

# 云上柳

雨雪无常，风，亦无常。

虽然，你从发出第一片嫩芽开始，就虔敬地，全身心地，陪着春风走了一程又一程。那时的风啊，对你是满心呵护，满脸宠溺，他只轻轻地拂过你纤细的腰肢，调皮地揪揪你忽闪忽闪的长睫毛，可随着春风的见识越来越多，他在一棵棵眉眼俊朗的白杨、枝叶繁茂的法桐、娇羞可人的银杏崇拜的眼神里渐渐迷失了自我，骄傲自大像一群不可饶恕的毒虫，爬满他阴暗的角落。

变了心的风，真绝情。他对你的耐心越来越少，脾气越来越火爆，烈日疯狂地想烤焦你的时候，他还偏邀着暴雨一起欺负你；冷冬一来，更是把你的叶子一片片揪下来，丝毫不顾及你的疼痛。

哪怕，你只是长在四楼顶上的一株弱柳。

你徒然地眼望蓝天，承受着命运的潮湿和摧残。

高高的楼层遮挡住大地温柔的双手，你无法接收母亲的呵护。

是什么样的机遇，让你选择了这样一个地方落脚?

这是一栋废弃的旧楼，楼里的住户20年前都已搬走。你，是在什么时候来此安家落户的呢?

当初，就是风，多情又善变的风，用甜言蜜语把你哄骗来的吗？

还是哪个好事的鸟儿，故意恶作剧，把你的种子衔到这里，而你，只能抓住楼顶仅有的一点点泥土，隐在岁月深处，随遇而安，不去管那些讥笑和嘲讽，叮咛和啜泣，欢笑和幽怨，只默默地扎根、发芽，长成一簇蓬蓬绿柳，陪我走过一个又一个悲喜的日子。

若不是今年夏天搬办公室，若不是窗户正对着这栋废楼，若不是我办公桌的角度正好可以看见你，我们就会一直错过，我也就没有机会和你相识、相知。

感谢遇见，感谢生命里那些恰恰好的遇见。

一段光阴，就此谱就新的诗篇。

在我黯然的生命里，你的出场，带给我憧憬、牵挂、温暖和希望。

一只蝴蝶吻住一枚花叶，雪白的翅尖悬挂着一滴露珠。

我脆弱的心，怀揣着一江春水，等待着一滴泪水的轻轻触碰。

时间的入口，住着耐心、毅力和过程。

每天看见你，我的心里就陡然生出许多的勇气，你不言不语，但，一如我理解你的处境一样，你，也懂我的不易。

我们灵魂相通，彼此相依相惜。

距离从来不是问题。

有些路，必须靠梦去走。

在梦里，我们无数次紧紧相拥，各自敞开心扉，诉说着万物尊重着万物，诉说生命的纯粹、清澈、透明。

你紧握住我的指纹，看那些细细微微、弯弯曲曲的纹路通向哪里的生活，又蕴含着多少宿命的秘密。

看灰蒙蒙的尘世里，有多少水墨的山河。

我也紧紧挽住你的臂膀，在你耳畔，把那些柔韧的文字，轻轻念给你听：“碧玉妆成一树高，万条垂下绿丝绦。”

“只道梅花发，那知柳亦新，枝枝总到地，叶叶自开春。”

你知道吗？

在晋代文学中，你就被认为“含精灵而寄生”“是精灵之所钟”，聚集天地精灵之气，而产生的一种珍奇的树。

你能不分彼此兼覆广施，而普荫众生，造福群类。你是吉祥的象征，有治病、驱鬼、辟邪、祛毒的功用。所以，慈悲救世的南海观音一手托净水瓶，另一只手则拿着你的枝条，为人间遍洒甘露，祛病消灾。

清明寒食节，人们会把你插在门上，驱邪避毒。

因为和“留”谐音，人们用你来寄托不忍离别之情。分别时，总要折一段你的枝条，和着千言万语一起，放进远行人的手中。

“昔我往矣，杨柳依依。”

“春风知别苦，不遣杨柳青。”

你在一个又一个文人墨客笔下灼灼，何其有幸，我们竟有缘，在这浸润书香的地方日日相守，互相关注。

多少文字都无力苍白，写不出我对你的依赖。

各种事物呼啸而来，又随风逝去。

你和我都在季节的中心，像鹅卵石一样让时空飞速打磨。

但你是浩瀚之书，你深邃的思想在风雨中给我慰藉，收藏点评我的梦境。

越抵近天籁，你的精神境界越发澄明。你的每一次摇动，都带着翠绿的清香，让我疲惫而苦涩的心，无比安宁。

你是北斗七星，悬挂在静美的夜空。指引着迷茫的我，在人间的画布上，一步步，走向光明。

我的身体里，澎湃着对你的爱，爱你的坚强宽厚，爱你的博大包容，爱你的忧伤、你噙着银针的瞳孔。

我知道，爱是一场艰难的修行。

可，仍然，还是渴望邂逅，渴望邂逅纯真的爱情。

孟府的白鹭和你擦肩而过，在轻盈的黄昏。

你的臂膀，揽着湿漉漉的鸟鸣，揽着淡泊的诗心，圣洁的歌声。

在高高的屋脊上，你的表情和煦丰盈，你赞许的微笑是月神打造的一枚钻戒，嵌进我的手指，让我在笔墨间一次又一次鼓起勇气，挥舞我纤弱的镰刀，一点一点颗粒归仓。

虽然，最终，我们都逃不过被命运收割的光影。

就像现在，大雪节气已过，你终于没能抵住冷酷的北风，脱下最后一件战袍，只留下一蓬枝条，对视苍穹。

那又怎样？

无常的风和时间的暴力只能暂时摧毁你劳累的肉身，他们摧不毁你大彻大悟的魂魄。

在孤守的楼顶，你乌黑的眸子是黑夜中的水晶，盛满月光的琼浆，引燃我眼底的纯净和苏醒，让我在这黑夜为你写下的诗句，闪烁着朴实诚挚的光芒。

我和你，我们说好，要去春天里，去旷野深处，赴一场生生不息的约定。

天空一心一意蓝着，云朵一心一意白着，你一心一意站在云上，俯视众生。

鸽子飞过楼宇。

你，长在我的心上。

# 45度的哲理诗

它们在树上叽叽喳喳开会，讨论得投入又热烈。我双手插在厚厚的羽绒服兜里，站在三楼静静地出神看着。

我们中间，隔着一层透明的玻璃推拉门。

它们是十几只灰不溜秋的小麻雀，站在一棵同样灰不溜秋的银杏树上。昔日让银杏引以为豪的大部分漂亮叶子踪影不见，不知道随了哪阵西风私奔去了，还有几枚瘦瘦小小可怜兮兮的黄黄叶片，比大拇指大不了多少，可能是西风实在看不上眼，没拐带走，留着它们在梢头瑟瑟发抖，勉强让我在这些光秃秃的枝丫间辨认出这是一棵银杏树。

一只圆滚滚胖乎乎的麻雀在树枝上左顾右盼，偶尔歪转脖子啄几下脏不拉叽的羽毛，它也知道快过年了吗？也懂把自己打扮漂亮迎接新年吗？

一只比较活泼的麻雀，在几根枝条间跳上跳下，似乎在努力找寻让自己最满意、最舒适的落脚点；另外一只就显得安分许多，兀自呆萌地晒着正午的太阳。虽然太阳有气无力的惨白着，但好像并没有影响这只麻雀晒暖的心情，这应该是一只特别容易知足的麻雀吧？它安逸地晒着它的暖，好像并没有羡慕前面楼顶上翩然起飞的鸽子。

楼是 20 世纪八九十年代的旧式三层小楼，暗红的砖墙在这寒气里赤裸着，老式阳台，有几家讲究些的用铝合金封上了。但大多数都原生态地展现着它们最初的模样。一个穿红色家居服的中年妇女抱着一床棉被，很轻松地搭在阳台栏杆上——墨绿色的被面，粉红色的珊瑚绒被里，瞬间给这个古旧的楼房增添了许多活力。

这是一处被高楼大厦遗忘的老旧小区，三层楼前面，还有几间平房。原来应该是红瓦红墙，有两家可能嫌漏雨，在红瓦顶上加盖了一层蓝色的石棉瓦，在一片脏不拉叽的暗红色里，显得特别醒目。

一只同样脏兮兮的白猫不知道从哪里冒出来的，突然出现在一处红瓦片上，旁边几点没有消融的残雪，虽然也不再洁白，但和这只猫一比，优越感还是很强的，衬得这只白猫更加脏污，不仅脏，而且瘦，一副营养不良的样子，和这片房子倒是般配。

与此不太般配的是，不远处，“万达广场”几个字，正在气派非凡的高楼顶上孤傲地睥睨着这一切；某某创业大厦的标牌，也在冬阳下闪烁着凛然的寒光，刺骨的冷风也挡不住它一脸招摇。

十几只鸽子在三楼顶上叽叽咕咕了一阵子，不知道做出了什么决定，突然扑棱棱都飞起来，落到了另外一栋刷着黄色外墙的六层新楼顶上去了，它们应该没有喜新厌旧的观念吧？

对它们来说，这里是小县城，还是地级市，有区别吗？它们天天看着远处的高楼大厦，有没有羡慕啊？

应该不会羡慕这些繁华的，对于这些鸽子们来说，只要楼顶上有一汪清水，有足以果腹的食物，有干净的空气和一方自由飞翔的蓝天，就足够了。不然它们怎会如此快乐？怎会飞得这么自在？坠上太多欲望的羽翼是飞不起来的，就像我，这枚庸杂尘俗中的凡间女子，无法彻底斩断心田上蔓生的太多追名逐利之草。原本轻盈的翅膀沉得再也无法飞翔，如果不是因为欲望，此刻，我又怎会站在这里？我真的羡慕这些鸽子，那么单纯而快乐，它们可比我强多了。

还有那些灰灰的麻雀，也比不少人强多了。麻雀永远都是麻雀，但有的人，有时候，却不是人。

好在，现在明白这些，还不算晚。

远处的鸽子又从六层新楼顶上扑棱棱飞起，在这一片楼宇间恣意地写着它们的哲理诗。

我用无比崇拜的眼神 45 度仰望，读着这些散落在自由天空里的文字：认真，专注。

# 葵花朵朵向阳开

俗。

右手食指一下一下慢慢敲完这个题目，左手忙着给闲不住的嘴巴源源不断地输送着香喷喷的葵花籽儿，扭头，“噗”一下，动作娴熟，麻溜地吐出瓜子壳，也吐出了对这个题目最真实的评价。

抬头，窗外，原先黄袍加身，眼波里流转着傲娇璀璨的银杏，此刻，只有光秃秃的枝条在凄冷的北风中瑟瑟发抖。法桐树上，还有几枚可怜的叶片枯黄着最后的留恋。冬至已过，雪隐梅梢，我还是喜欢最初从心底自然涨出的这几个字，每个字，都是红炉煮火，一笔一画全腾着热乎乎的暖意。

俗就俗吧，惬意地磕着你寄来的瓜子，慢悠悠品尝着你精心挑选的炭火腰果，我知道你不会怪罪我的。就像你知道我打小儿就是个馋丫头，还是那么宠我。

小时候，牵着你的手去赶集，你总会给我买两毛钱的猪脸儿肉，老板笑脸盈盈，仔细地切下一小缕儿，用干荷叶托着，递给你，你撩起衣角，把手擦了又擦，极其小心地接过来。几缕瘦肉乖乖地趴在你的掌心，闪着锃亮诱人的光，我每每都是急不可耐地接过来，两口就下了肚，恨不得连荷叶一块儿吞下去。你一脸宠爱地掏出格子条纹的布手绢，轻轻地给我擦掉嘴角的油渍。

那一次赶会，你给我买了两包五分钱一袋的瓜子，放到我裤子口袋里，一再叮嘱我，到家才能吃，那一次，回家的路好漫长啊，一路上，我不知道摸了多少回口袋。

终于到家了，我把瓜子掏出来，着急要吃，你不顾劳累，把我的小脏手摁进水盆，用胰子里里外外给我洗干净手，拆开瓜子袋，一个一个给我剥开。好香啊，我吧嗒吧嗒地吃着，一个劲儿嫌你剥得慢，你明显加快了速度，还是赶不上我吃的，你一边细心地给我剥干净瓜子皮，一边打趣我："馋猫嘴儿，吃零食儿，长大喽，没人要，人家喝面汤，你就喝凉水儿……"

我才不管长大喽有没有人要呢，先把瓜子吃完再说。两袋瓜子太少了，不经吃，嘴巴还没过瘾就没了，而你，一个都没舍得吃，我不依不饶地还要，你说，不能再吃了，一次只能吃这些，瓜子吃多了肚子里长虫子。

我不敢再要了，可还是不死心，一个劲儿地追问，瓜子是地里长的还是树上结的，我怎么没见过呢？

你说，瓜子是向日葵结的，咱们这里没有种的，等我长大了，好好学习有出息了，可以去种向日葵的地方随便吃，想吃多少吃多少。这是我有记忆以来，第一次吃到这么香的瓜子，也是第一次听到这么美的名字，从此，"向日葵"三个字，就扎进了我的心里。

我就一天天盼着长大。

上了中学，从书本上知道向日葵的花语是信念、光辉、高傲、忠诚、爱慕，寓意是沉默的爱，代表着勇敢地去追求自己想要的幸福，就更喜欢它了，也更渴望能有一个机会，好好走近它。

终于，2019 年 8 月 18 日，内蒙古，美丽的乌拉盖大草原，参观兵团小镇的时候，第一次，我见到了那么大一片葵花田。

震撼。

每一朵圆圆的花盘，都开满了幸福的时光。瓣瓣黄色的花片，如温柔的小家碧玉，娇羞着仰望北方纯粹的蓝天。

迫不及待，轻轻走进去，唯恐碰疼这些无数次在梦乡里亭亭玉立的思念。

站在一株腼腆的葵花面前，我小心抚摸了一下这几片黄色的花瓣，怦怦跳动的心思，别人也许猜不出来，只有深爱的，才会一眼看穿。

和它对视许久，草原多情的风吹去沉闷，牵起我的衣角，把我的相思，裁剪成夏天的模样。

我慢慢躺下去，躺在两排向日葵中间，闭上眼，任它们宽大的叶片把我紧紧抱住，如同，抱住久别重逢的孩子。

这一刻，我也好像躺在了你的怀里，回到了朝思暮想的老家。所有童年的过往，那些温馨甜蜜的回忆，都默默铺开画卷，轻轻摇晃的叶片上，一些诗句跳跃着缠绵悱恻的心心念念。

从煮熟的红尘里舀出一碗回忆，那些清香的回味不止在唇齿间。

书上说向日葵全身是宝，从花瓣到果实，再到葵花的茎、叶甚至是根部都可以被利用起来做成食物，对人体有很大的好处。

这多像你啊，为我，愿意付出自己的全部。

“举头并向长安日，谁识芳心一寸丹。”

我懂。

从今往后，我要带你去好多好多地方，我俩一起看向日葵花海。

因为：

我是你的向阳花。

你是我的阿波罗。

# 逆风绽放的玫瑰最美丽

2 月 6 日。

立春之后第三天。

晚七点，向来不爱看足球比赛的我，破天荒地早早坐在电视机前，客厅灯带雍容的一抹暖色，和所有期待的目光一起凝聚在这方小小的又大大的显示屏上。

心，紧张不安，一直悬在嗓子眼儿上，上半场 0 比 2 落后的比分，让我脆弱的小心脏冰湿拔凉。拆瓜子袋的手哆嗦着，杯子里的水续了一次又一次，还是嘴巴发干，发苦，口渴。

地上的那盆绿萝有点发黄，落叶，是在拼命挤干自己的水分，好使自己看起来更轻盈一些吗？

就像一直努力跑动在萋萋绿茵场上的女足姑娘。

在一声又一声葵花籽与花生粒的脆响中，那片执着跑动的中国红越来越郁郁葱葱。

终于，利用李永周的手球，英姿飒爽的唐佳丽操刀主罚点球命中！这英勇的一脚就此拉开了女足姑娘惊天大逆转的序幕。

太漂亮了！我长舒一口气，端着茶杯站了起来。

天哪，仅仅几分钟之后，中路王珊珊成功牵制住韩国后卫的注意力，后点的张琳艳头球破门，将比分改写成2比2平局！

激动的笑容在水庆霞教练脸上漾出最美的诗意，每一行都惊艳。

激战最后，肖裕仪一脚冷静的射门，将中国女足送上亚洲冠军的宝座。

狂喜的我差点把杯子都摔了。

姑娘们跑动的红色战袍，成了一面面迎风飘扬的胜利旗帜。

不止解说员黄健翔，多少人都流下了为爱守候的喜悦泪水。

对这场艰难的胜利，相信所有国人都幸福充盈，也保持着足够的敬畏，要知道，这是在中国女足连续两场遭遇苦战，更是核心球员王霜因为伤病发挥不佳的背景下完成的。

教练精心的战术安排，球员们众志成城，不到最后一刻绝不放弃拼搏的顽强精神，给我们定格了这样一段永恒的记忆，用一场久违的胜利，在2022虎年春节的最后一个假日，为全国球迷送上一份至尊大礼。

我们的铿锵玫瑰在亚洲杯决赛场上，娇艳怒放！

霸屏的中国红浩浩荡荡，沉浸其中的我，忽然想起了电影《你好，李焕英》中那场激烈的排球赛，面对队员们的难题，贾晓玲没有抱怨，而是和李焕英共同去面对并解决困难。即使李焕英队最后输了比赛，但是过程重于结果，她们的精彩表现就像厂长说的那句话一样，“人只要有一股不服输的精神，就会有光彩。”

王霜赛后也说，落后的时候从没有想过要放弃。

这就是精神传承的伟大之处——挽狂澜于既倒，濒绝境而重生，永远不向困难低头！

风雨后的彩虹最动人，逆风绽放的玫瑰最美丽。

只有熬过暴风骤雨，悲怆孤寂，一场盛世之欢，才会穿过铠甲，抵达心底。

# 开在心上的花

“老班！不好了不好了……”

值日班长浩硕急火火地闯进办公室，把正专心批改作业的我吓了一大跳，我腾地站起来：“咋了？什么情况？”

“文贤和鹏飞课间打闹，把窗台上的花盆碰掉了，摔坏了！”

“没伤到人吧？”我边问边匆忙往教室走。

“人没事，就是花盆摔坏了。”

听到这里，我长舒一口气，悬到嗓子眼的心终于放下来了：“人没事就好。”

刚开学时，为了美化教室环境，我自费买了几盆花放在了朝阳的窗台上，平时大家课间休息的时候赏赏花，看看景，挺不错。

使劲儿克制住心头火，从教室前门进去，一眼就看见最后面的窗台那里，两个“肇事者”正低头忙活着清理现场。窗台上，被摔坏盆的玉树枝叶还繁茂着，可怜兮兮地睁着绿油油的眼睛看这两个家伙配合得还挺默契：一个弯着腰努力把散落地面的泥土扫到一堆，一个蹲地上拿着撮箕等着把土扒进去。知道自己错了，听见我的脚步声也不敢抬头，看见他俩这副样子，心头火一下子消失得无影无踪，我走过去拍拍文贤的肩膀，一脸关切地轻声问："没伤着人吧？"

文贤这才不好意思地抬头看看我，许是我的真诚让他放松了，他用左手挠挠头皮，开始认错："对不起，老师，我不该课间打闹。"鹏飞也站起来道歉："老师，对不起，我不该戏弄他，追着他跑，是我不小心把花盆碰掉了，老师我再赔一盆花。"

两个一贯活泼好动的家伙诚心认错，我心里早就原谅了他们，但吃一堑就得长一智，以前的班会课上我讲过，每个人都要学会承担责任，要为自己的行为付出代价，我征求他俩的意见："不用再赔一盆新花，你俩商量一下，今天的事情怎么给大家一个交代，再想想这盆摔坏的花怎么办。"

两人商量后决定，保证以后课间不再追逐打闹，每人写一篇小作文记述一下事情的经过，重点谈谈自己的反省，在班会课上宣读，让其他同学引以为戒，这盆花今后由他俩亲自照顾。

几位值日班长也同意他俩的决定。

那株可怜的玉树原本安逸的小家此时已经残破不堪，硬壳塑料做的花盆四分五裂，鹏飞说："老师，再给它换个新花盆吧，现在花盆烂成这样，小玉树恐怕活不成了。"

文贤也随声附和。

我刚要随口应允，忽然灵光一现，仔细观察了一下这株无辜的玉树，它错综复杂的根须紧紧抱在一起，虽然有一部分根须裸露在外，但怀里还有一大坨泥土，活下来应该没有问题。我灵机一动："你俩都觉得它活不成了？"

他俩笃定地点点头。

"那我们打个赌吧？还有三个月就中考了，我赌中考前它一定能活下来，只要它活着，你俩就保证好好学习，如果我输了，你俩可以随意向我提一个要求，能力范围内我一定满足。”

“真的，老师？”两个家伙一听打赌，四只眼睛灼灼放光，“太好玩了，就这么定啦！老师，你可要说话算话哦！”

“那还用说，立马拉钩盖章。”

旁边围观的“好事者们”看热闹不嫌事大，都兴奋得欢呼：“我们作证！”

周一的班会课上，两人深刻的反省赢得大家热烈的掌声，估计怕我忘了，都在最后特意强调了打赌的事，我笑而不语。

复习的紧张忙碌度伴着空气的温度噌噌上涨，除了必要的外出，我几乎把根扎在了教室里。那棵懂事的小玉树默默数着我们滴滴掉落的汗珠，像感知到了我每天望向它的期待眼神，在鹏飞用透明胶带简单包扎的破花盆里坚强挺立，用油润厚实的翠绿昭示着它强大的生命力。

那两个家伙每次给它浇水的时候都啧啧赞叹，感慨完就自觉地悄悄入座，和那些难缠的公式、定理、化学方程式继续战斗，根本不用我催促。

这株小玉树，成了我们的团宠。有同学想起来的时候，课间凑过来，每每看到小玉树在紫红的长寿花旁边茁茁碧绿，而且，靠近泥土的根部还长出了新崭崭的嫩芽，都不由得感叹，咂舌，摇头，点头，入座，学习。

呼啦一下子，中考来到了。

最后一堂课上，大家互相鼓劲儿，不少同学在临别赠言里都感谢这株小玉树，感谢它用坚强和执着陪伴、激励自己，用对生命无限的热爱给大家上了一堂最好的人生课。

是啊，世间没有完美的生活，当打击和不幸突然袭来的时候，只要自己不放弃，努力用奋争的根须紧紧拥抱住希望的泥土，哪怕只有一点点，也许，生命依然可以盎然蓬勃。

放学的时候，他俩小心翼翼地把这株玉树放到我的办公桌上：“老师，请您照顾好它，下学期，给我们的学弟学妹讲讲它的故事。”

微笑，点头。

我知道，这株玉树，早已经在他们的心里吐露芬芳，也一定，会在更多人的心上灿然怒放。

# 在夏天里站成春天

在这个热情似火的夏天，想起了过去的点点滴滴。自从1996年踏上三尺讲台，最初的几年里是老老实实地抱着课本和教参，守着字词、段意、中心思想、课后习题的老路子，按着备好的课规规矩矩地讲，学生规规矩矩地听，规规矩矩地在课本上记得密密麻麻，课上的中规中矩波澜不惊，学生也难有精彩表现。现在回想起来，那几年的课竟没有给我留下什么深刻印象，自己也一度以为，教语文课并不难，就这样做一名语文老师也是很安逸的。

是新课改的东风吹绿了自己沉睡的心，是几次外出听课学习的机会改变了自己的看法，原来人家可以把语文课上得这么好，自己真是井底之蛙，看看人家的课堂，再想想自己的课堂，顿觉羞愧不安，深感差距之大，怎么办？只有加倍努力学习了。

于是，认真钻研新课标，一字一句地琢磨领会；抓住一切听课学习的机会，向同行虚心请教；抱起了对自己业务有帮助的各种书籍，《学学名师那些事》《听窦桂梅老师讲课》等等这些都是自己的案头常客；看名师讲课视频，每一个细节都不放过；写学习笔记、心得体会、教后反思——点点滴滴，越学越有压力，但自己也欣喜地感觉到，自己的语文教学已经悄悄地发生了诸多可喜的变化——

每节课都上得激情洋溢，针对不同的课文内容激发学生不同的情感共鸣，让自己的眼睛有光、有韵、有神、有情，用发自内心的真爱和热情点燃学生的心灵。我认为课堂上，浓浓情感就是老师与学生心灵之间联系的桥梁，只有情感撞击，才有心灵对话，才会给师生同品共享的无尽愉悦和曼妙丰盈的心路历程。

教学方式更加灵活多样，语文课堂更加丰富多彩——诗文背诵比赛、演讲比赛等让学生爱上诵读；每学期一次的班级书法家评比较好地调动了学生写字的积极性；我是课堂小记者的评比掀起学生提问的热情；我是语文好老师的活动让学生争相走上讲台，把课文讲得有模有样；“好文共欣赏”读书笔记交流鉴赏课上，学生争着推荐阅读赏析自己喜爱的佳作；《云南的歌会》上嘹亮着学生们自编的对歌，《皇帝的新装》舞台剧表演绽放着学生的快乐，《唐雎不辱使命》的课本剧表演则洋溢着学生的豪情……

学问问中学。课堂提问的方式也悄然发生了变化，一改过去我满堂问，学生抱着各种学习资料答的陈旧模式，而是真正把课堂交还给学生，每个学生都要提出自己不懂的问题，能在小组内讨论解决的就先在小组内解决，小组内解决不了的问题再在课堂上提出。本着“学生提问学生答、学生回答不了的老师再答”的原则，把学生的一个个问号拉直变成感叹号，我认为没有学生提问的课堂一定是有问题的课堂。

“何须浅碧深红色”，是新课改改变了我的语文教学，让我累并快乐着，让我每天站在孩子们面前信心满满。成为语文老师，让我的学生们爱语文，爱上语文课是我今生最幸福的事，在这个火热的夏天，在这个远程研修的平台上，我幸福地敲击着这些文字，看见窗外那棵树，忽然想起了这样一句话：“如果我是一棵树，便要在暖暖的温度中，往深度、广度里生长，追求一种举手苍穹的高度”，看着树上的枝叶，我竟然好像真切地触摸到了春天，感觉到了自己抽芽的心情，那是一种春天的心情。

真的，在这个夏天，我的心郁郁葱葱，站成了蓬蓬勃勃的春天。

# 难忘那节阅读课

又是周三。

照例是我们每周一次的读书笔记交流鉴赏课，同学们都早早地拿好了自己心爱的读书笔记本，准备推荐阅读自己最喜欢的文章。这次让我没有想到的是，我班最后一排一向沉默寡言的小楠同学最先举起了手：“老师，我想第一个读。”我用欣喜和鼓励的目光示意她读，她读的是著名作家史铁生的《秋天的怀念》，这次居然读得声情并茂，看来她课下一定做了充分的准备。读完后照例要谈一谈推荐的理由，她说：“老师，我很喜欢这篇文章，我自己读了好多遍，我虽然说不出为什么喜欢文章里的母亲，为什么喜欢那些菊花，可她们老在我的脑子里转悠。”看得出她的情绪很激动，我示意她坐下，因为我也很喜欢这篇文章，于是决定，就用这篇文章和学生进行一次心灵的对话。

我先肯定自己对文章的喜爱，但不说自己喜欢的理由，先让班里同样喜欢本文的同学谈自己的看法。好多同学都谈到了喜欢母亲的伟大和隐忍，想到了“慈母手中线，游子身上衣”，想到了母亲可以为孩子付出一切，结合这点我引导学生谈一谈自己的母亲。学生谈这样的话题轻车熟路，有的学生谈到母亲对自己的关爱和辛劳时也是忍不住热泪盈眶，如果只是停留在感恩母亲上，对文本的理解显然流于肤浅，我又引导学生结合所学课文，比如《口技》一文的文眼是“善”，《核舟记》一文的文眼是“奇巧”，找出并抓住文中最重要的关键词：“好好儿活”，适时抛出我的问题：“为什么文中多次出现这几个字？作者这样写用意何在？”

沉默，沉默，静心的思考后，学生的发言积极起来，以下是部分学生的精彩发言：

老师，我觉得母亲再苦再难也自己忍着，她只希望自己的孩子无论怎样都要好好地活下去。

老师，我想作者最后也明白了母亲的良苦用心，他写那些蓬蓬勃勃盛开的美丽的菊花就是这个意思，他要像那些菊花一样，好好活着好好盛开，开出属于自己的美丽。

老师，当我们在生活中遇到困难和不幸的时候，我们要坚强面对，不能给父母添心事。

老师，他虽然腿不好，可他能写出这么好的文章来，有这么好的写作水平，可见老天是公平的，它在给你关上一扇门的同时，一定会给你打开一扇窗。

老师，我以前总抱怨这不好那不好，可和史铁生一比，我觉得自己拥有这么健康的身体真是太幸福了，我还有那么疼我的爸妈，我以后一定珍惜，再也不抱怨爸妈工作不好没本事了。

老师，我们任何时候都要珍爱自己的生命，自己的生命不仅只属于自己，那些自杀的人太自私了，我们不能轻生，不能放弃，要相信“山重水复疑无路，柳暗花明又一村”，只要自己不绝望，生活就一定有希望。

…………

听着孩子们精彩的发言，我激动得热泪盈眶，又给学生们推荐了《亲近自己的双腿》，并让学生课下收集整理史铁生的资料，有时间的话再读读他的其他作品。我最后做了这样的总结：“是啊，对于史铁生来说，他所经历的磨难和痛苦可能是我们无法想象的，有的人活着比死要难多了，需要更坚强的毅力和勇气，生活中无论我们遇到了什么，都要好好活着。”

这节课，我没有想到我的学生们思维能迸发出这么耀眼的火花，我的学生们在走进文本后，开启了自己的心灵和文本对话，又能走出文本谈出自己独特的理解和感悟，我们的阅读教学，不就是为了达到这样的目标吗？

我庆幸我开设了每周一次这样的读书笔记交流鉴赏课。

一定会坚持下去，那是必须的。

# 何时寻桂子

江南忆，最忆是杭州。
山寺月中寻桂子，
郡亭枕上看潮头。
何日更重游？

学生刚考的语文测试卷子上，有白居易的这首《忆江南》，题目是：作者最难忘的是什么季节的杭州？从哪些词句可以看出？考完收上卷子一看，一年四季都有写的，但这道题的答案给的是秋季，是从山寺赏月赏桂，高亭之上观钱塘江潮看出来的。心想，这道题难度系数对于初中一年级已经十二三岁的学生来说应该可以啊，怎么还有这么多做错的呢？

今天上课讲解答案，让做错的几个同学说一下自己的想法，结果这几个同学的回答让我着实吃了一惊。有的说桂花不单单在秋季开放，因为小学的时候背过王维的《鸟鸣涧》：“人闲桂花落，夜静春山空，月出惊山鸟，时鸣春涧中。”这首诗里写的桂花应该是在春天开的；有的说老师还有四季桂呢，它一年四季都开；有的说看钱塘江潮不一定就在秋天，暑假里他爸就带他看过……这些小嘴叽叽喳喳的，让我目瞪口呆，欣喜异常，还有什么比看到同学们的思维迸发出耀眼的火花更让老师开心的吗？大家对参考答案热烈讨论之后，普遍认为也许白居易的本意写的是秋天，但其他答案也未尝不可。看到和答案不一致的同学并未彻底服气，我不着急表态，忽然想出一计：对此题仍有想法的同学放学后自己想办法查找资料，看看能否说服别人。

大家一致赞同。

下课后，我也不敢闲着，赶紧打开电脑，本来在我的知识储备库里，也就存了“鸟鸣涧”“八月桂花香”“中秋前后看钱江观潮”这些，真的有四季桂吗？难道别的时间也能观潮？

真是不搜不知道，自己懂太少。

不仅有四季桂，它还有“月月桂”等 18 个品种，四季都开。

钱塘江大潮潮水一般是农历八月十八最大，但农历的每个月初一到初五，十五到二十都可以看到潮，所以一年中有 120 天可以观潮。

真的汗颜。

第二天上课，这几个同学果然没让我失望，各自拿出自己的收获，七嘴八舌，各抒己见，有的详细讲解了桂花的品种，有的搬出了对白居易三首《忆江南》的赏析；努力想证明就是秋天的同学背起了柳永的《望海潮》：“三秋桂子，十里荷花……”

心花怒放的我在一旁观战，这时候，答案是什么还重要吗？

感谢我这些可爱的学生们，虽然我站在讲台上，但很多时候，他们也是我的老师啊！他们的勤学上进也激励着我不敢偷懒，时时不忘充电。能和他们一起成长，是一件多么幸福的事啊！

何时寻桂子？

任何时候，此时此刻。

# 玉兰花香满西颜

中伏第一天，37℃高温。

下午4点。

当我如约来到唐村镇西颜村村委会大院时，已经72岁的齐崇金老人，早已在此等候多时，让我觉得准点来到就很好的感觉立马消失无踪，不觉心生羞愧。热情善良的老人看出了我的不安，转而安慰我："没事，妮儿来，恁大老远地开车来，天这么热，再堵个车啥的，俺年纪大了，腿脚不灵便，走路拖拖拉拉的，就得早来会儿。"老人的善解人意让我羞愧之余倍感亲切，紧张和囧意也随之烟消云散。

"人生七十古来稀"，齐崇金老人就觉得自己活得赚了，赚大发了。老人说，要不是赶上了党和政府的好政策，赶上了这么好的社会，哪能活得这么滋润，活这么大岁数啊，真是做梦也想不到能过上这么好的日子。以前的皇上也没这么舒坦啊，家里空调冰箱这些常用家电都有，冬天有土暖气。孝顺的儿子看着老父亲有哮喘病，还买来了吸氧机。说这话的时候，老人一脸的自豪和满足，和白眉大侠一样的长眉一跳一跳的，满满的幸福飞出眉梢，溢出眼眶，神采飞扬，感染得我都觉得自己此刻也是满满的正能量。

别看现在的齐崇金老人容光焕发，年轻的时候可是真没少吃苦，一聊起过去的苦日子，老人就一个劲儿地摇头，叹息连连："唉，那会儿过的太难了。"老人记忆最深的就是，1964 年，17 岁的他跟着大人挖西颜村北的大河，出河工，正长身体的他，天天地瓜干煎饼，还不够吃的，半饥半饱的他自然面黄肌瘦，还要和大人一起挖土，抬沉沉的土筐子，拉独轮车。弱不禁风的肩膀被扁担压出血泡，被粗绳勒出条条血道子，胳膊到晚上就累得抬不起来。有一次抬土筐子的时候，一不小心绊倒摔了一跤，翻倒的筐子里的土都撒到他身上，又饿又累又急的他号啕大哭，说嘛也不想干了，可是不干不行啊，没办法，只能用脏兮兮的袖子擦擦泪，硬着头皮接着再干。

老人说："这样的事多着呢，在那个年代不稀罕。"老人一生经历坎坷，1966 年的时候开始在突击队当电工，当了十多年电工之后，又调到公社防疫站，专门给猪牛羊打预防针，自己也养猪养羊，后来又当了十多年的生产队长。一聊起这段往事，老人一改刚才的慈眉善目，神情凝重，眼神犀利："我父亲从我记事起就教育我们，一辈子得当好人，任何时候做人不能昧良心，就是穷死饿死也绝对不能干坏事，不能当坏人恶人！我这个人吧，自己不干坏事，也不能看见别人干坏事，从年轻的时候，村里人就说我是个愣头青，就是看见干坏事的就想管。"

齐崇金老人回忆自己当生产队长的时候，大队会计为了村里的事，想挪用一点公家的钱用于请客送礼。此话一出，立马就遭到了齐崇金老人的强烈反对，两人为此吵得脸红脖子粗，拍桌子砸板凳的。当时的会计还是老人的本家，很近的弟兄，但老人不徇私情，坚决不答应，结果那家人和他家好久都不往来。齐崇金老人不仅自己坚持原则，时时把父亲的话记在心头，自己当了父亲之后，也是这样教育儿孙。

齐崇金老人有四个儿子，孩子们从小到大，他就打过一次，那唯一的一次是打的老大。当时老大8岁，老二6岁，弟兄俩一人一个筐子去割草，老大贪玩，没有老二割得多，自己觉得没面子，就趁老二不注意偷拿老二筐子里的草，放到自己筐子里，被老二看出来了。老二告状的时候，老大还不承认，齐崇金老人就一巴掌拍过去，老大拔腿就跑，齐崇金老人就在后面拼命地追，边追边脱下鞋子，一鞋底砸在老大的后背上。老大一踉跄，一个前趴摔在地上，被老人赶上了，一把抓住，结结实实地狠揍了一顿，一直打到老大求饶，保证以后再也不干坏事了才收手，后来才知道，当时老大的肩膀都摔脱臼了。老人说："自家的孩子谁不疼？再疼孩子也得管教，得有规矩，得让孩子走正路，要不然一步错步步错，就给那棵小树一样，不修理随它长，那就有可能长成歪脖子树，到它长歪喽再管就晚了。"

从那以后，孩子们都知道了父亲坚持的原则和底线，那就是，任何时候，都不能昧良心，不能干坏事！做人得讲诚信！

齐崇金老人的父亲，曾经在生产队当过13年的保管，从来没错过一笔账。

齐崇金老人还立下一个规矩：绝对不欠别人的账！借钱借物都要及时归还！

齐崇金老人说："三年也许能学出个手艺，三年不一定学出个买卖人，做生意最要紧的是诚信。"齐崇金老人的大儿子，十七八岁的时候就开始跟着别人做生意，夜里骑着自行车去嘉祥贩辣椒，贩青菜，到邹县去卖，从不缺斤少两。后来收酒瓶破烂，再往后拉沙拉电厂炉灰去滕州卖，无论做什么生意，他都时刻把

"诚信"挂在心上。正是这么多年树立起来的好口碑赢得了别人的信任，现在老大跟着一个私企老板开车，老板不在的时候，收货、定价、送货、结账啥的，老板都直接让他当家，他说多少就是多少，老板从来没说过二话。

齐家这种诚信做人的家风也很好地传承到了孙辈身上。齐崇金老人的孙女在兰州上大学，当时学校老师觉得她老家是农村的，就想照顾她，给她报个贫困生，领点国家补助。她孙女坚决不同意，说自己家里还过得去，吃得上穿得上，不算贫困户，不能昧国家的钱。她孙女大学学的金融专业，大学毕业后在邹城证券公司干了一段时间，觉得不适合自己，就辞职回家，买了一大摞书籍闭门专心复习，终于在今年如愿考上了教师编，光荣地成为唐村镇中心小学的一名教师。

采访结束，脚步轻快地走出村委会办公室，门前广场上玉兰绿叶盈盈，海棠硕果累累，回头看见站在走廊上还在和我挥手道别的齐崇金老人，竟然恍惚觉得他就是一棵"净若清荷尘不染，色如白云美若仙"的广玉兰，郁郁葱葱，枝繁叶茂地扎根在西颜村这片热土上，散发出沁人的芬芳。

# 孝贤和睦一家亲

听说鲍宪文老人不幸摔伤了，我闻讯赶到唐村镇西颜村，去他家里看望。

一进屋门，看见一大屋子人，今年已经80高龄的鲍宪文老人，坐在沙发上，右胳膊半弯着，用红布带吊在脖子上，整个右手上裹满了厚厚的纱布，面色虽然依然红润，但明显憔悴了许多，左脸、左胳膊、左膝盖上也都有不同程度的摩擦伤。

鲍宪文老人的大儿子，说起昨天的情况，依然心有余悸，心疼的泪水盈满眼眶："昨天早上9点多钟，俺父亲和往常一样骑着小电动三轮车遛弯去。走到白庄村南头的时候，被一辆速度很快的大型农用三轮车追尾了，那辆车把老爷子撞到地上，连停都没停，直接一溜烟地就跑了。我当时没在场，老爷子也没带手机，正巧两个邻居看见了，一个在那里照顾他，一个就赶紧来喊我，我当时赶集刚进家，刚端起面条正要吃饭，听邻居一说，吓得我把碗一扔，屋门都没关，骑上电动车就赶紧去了，急急忙忙把老爷子送到唐村矿医院，拍片子、做CT，各种检查，好在别的地方都没事，就右手上手心手背缝了50多针，当时我哭得不敢看，护士把我撵出来了……后来回到家里，才看见赶集买回来准备养的11只小兔子，一着急给忘在封闭的三轮车车厢里，没提到兔棚里去，都给热死了。”

鲍家二儿子在旁边，忙着端茶倒水，照顾来看望父亲的邻居们，鲍宪文老人的闺女给父亲洗完衣服，进来给我们拉呱：“昨晚上俺父亲疼得一夜没睡觉，俺也跟着疼得直掉泪，也一夜没睡，老三两口子照顾一上午，这才回家炖排骨去了。”

二儿子接过话来：“医生让住院，老爷子怕麻烦俺，说嘛不住，俺怎么劝都不行，拧不过他，就在村里诊所打打消炎针，俺三天之后再带他去医院换药。”说完这话，老二用心疼又埋怨的眼神看向父亲。

问到怎么对待肇事逃逸司机，要不要报警，不住院的话新农合给不给报销的问题。宽宏大度又善良的鲍宪文老人说：“报什么警啊，咱这点小事，值不当地给人家警察添麻烦，人家好省出心来管大事破大案子。司机跑就跑了吧，他肯定是怕我讹他，怕赔不起，说不定家里有啥困难呢，好在没啥大事，也不图公家报销，咱自己花几个钱就花吧，好在孩子们都孝顺。”

确实如此，能看得出来，鲍家孩子们的孝顺是发自内心的，街坊邻居也都一个劲儿地赞不绝口。来看望鲍宪文老人的邻居中，有个已经90高龄、驼着背、拄着拐杖的老太太，走路颤颤巍巍的，也对鲍家孩子们的孝顺和鲍老爷子的为人夸赞有加，我以为这个是年龄最大的邻居了，没想到鲍家老二介绍说：“俺那个92岁的齐大爷，一大早就来俺家里看俺父亲了，俺父亲没在家，去诊所打针了，齐大爷又找到诊所里，非得看看俺爹。”

从邻居们的夸赞中，我了解到更多鲍家的事情。

鲍宪文老人的祖父母去世早，鲍宪文老人的父亲时刻把“孝悌为先、忠信为本”的家训挂在心头，带着两个弟弟过日子，弟兄仨忍饥挨饿相依为命，他父亲有一口吃的也得给两个弟弟，哪怕自己饿着，从来没吃过独食。有一回，他父亲去给邻村别人家帮工，人家给了一碗豆腐，在那缺吃少喝的年代，他看着豆腐也是馋得难受，真想一口吞下去。可一想到两个年幼的弟弟没吃上，他就没舍得吃，硬是走那么远的路端回家，弟兄仨你谦我让地分吃了这碗豆腐。

鲍宪文老人的父亲在自己成家之后，又像父亲一样帮着两个弟弟娶上了媳妇，让弟弟们都有了自己温馨和睦的小家。虽然家里不断添丁进口，但还是一大家人和和睦睦地在一起。一直到1957年，生产队分粮食，不按人口按户分，这一大家子16口人才分家单过，分家的时候都哭得鼻涕一把泪一把。他父亲的付出也得到了回报，两个弟弟对大哥敬重有加，特别是他三叔，结婚之前挣了钱，回家就交给大哥；单位里发了白面大包子，也是自己不舍得吃，下班的时候给哥嫂侄子带回来；在鲍宪文父亲病重的时候，他三叔衣不解带，在床前尽心尽力地侍候，看到大哥驾鹤西去，哭得撕心裂肺肝肠寸断，让人无比心酸，兄弟情深，可见一斑。

鲍宪文老人的父亲自己有了孩子之后，处处严格教育孩子，不打架不骂人，鲍宪文做了父亲之后，也是如此，他的三个儿子都互谦互让互帮互助，非常团结，从不招惹是非。闺女在后唐村，既被评为“好媳妇”，又被评为“好婆婆”。四个小孙子也是从小耳濡目染，知道打架骂人是不对的，是不好的事情。有一年夏天，鲍宪文老人的大儿媳妇摊煎饼，10岁的大孙子放学回家，一看妈妈光忙着摊煎饼了，没做好午饭，中午饭只能吃煎饼，就有点怄气噘嘴不想吃，又热又累的大儿媳妇嫌孩子挑食，说话就有点生气，不经意间随口带了句民间口头语，说：“你奶奶个腿儿的，真是饿得轻，有饭吃就不孬了，你还挑三拣四的，这么搅和这么难缠也。”结果大孙子就不愿意了，一边说“妈妈骂人了不是好人”，一边就往奶奶家跑去告状，说他妈妈骂奶奶了，不孝顺了，不是好人了。由此可见，鲍家“孝悌为先，忠信为本”的家风传承真正深入到孩子们的心坎里了。

在我们聊天的过程中，还不断有邻居前来看望，眼看屋里就坐不下了，我适时告辞，走出鲍家大门，回头看见“孝贤之家”的牌匾在大门上方熠熠生辉。

# 高善龙的口头禅

“寺里庙里烧高香，不如在家敬爹娘。”

这句话，经常挂在高善龙老人嘴上。

今年 60 岁的高善龙老人，家住唐村镇西颜村，中等身材，硬硬的胡须茬爬满黝黑的脸，说起话来，腼腆的笑容里透着朴实憨厚。

高善龙老人的父亲去世较早，母亲今年 84 岁了，常年冠心病，经常腰腿疼，生活上需要人照顾，高善龙弟兄三人争着赡养，都想让老母亲在自己家住。最后由老母亲做主，商定好一家住一个月，冬天怕老母亲害冷，三家都安上了土暖气。

以前条件艰苦没有土暖气买不起煤炭的时候，为了父母冬天取暖，高善龙老人专门去学了盘炕的技术，回家给父母盘了一铺大炕，让父母像东北人一样整天能坐在热乎乎的炕头上，晚上怕炕凉喽，有时候半夜还会起来往炕洞里塞点柴火。

高家弟兄三个非常团结，从未有过矛盾争吵，作为高家老大的高善龙老人说：“谁家的铲子不碰锅沿？舌头还有可能咬着腮帮子来。人和人相处，就得互相理解互相宽容，斤斤计较还能行？”老大种菜，老二老三谁有空谁都会去帮着卖菜，老二老三独立卖菜，收多少钱回来就交给老大多少，老大也从来没清点过嫌弃过；浇地的时候老大在外地没回来，老二老三主动帮着浇上；老大家先买了个农用车，拉庄稼的时候就连老二老三家的都给拉着。

婆媳之间、妯娌之间也从来没红过脸，都是谨言慎行，从不东家长、西家短地传播是非，在家里更是相互谦让，比着孝顺。有一次，老母亲在老三家里住着的时候，觉着牙疼，三儿媳妇就说用电动三轮车带着去镇医院看看，老太太觉得疼得不严重，大热的天，也不想麻烦孩子们，就想拖拖再说。三儿媳妇着急地劝："都说牙疼不是病，疼起来要人命，觉着不得劲儿咱就得赶紧去医院，别等到难受狠喽再看，白白的多受罪。"老太太这才同意去医院。大儿媳妇和二儿媳妇听街坊邻居说，看见老太太去医院了，赶紧骑上电动车就往医院跑，走到一问医生，说是牙周发炎，打点针吃点消炎药就好了，这才放了心。

高家老太太经常对街坊邻居说："俺这三个儿媳妇，真是和闺女一样亲，对老人是真心实意的孝顺啊。"

特别是高善龙老人的老伴儿，觉得自己家是老大，更是时时处处严格要求自己，在孝顺老人方面啥事都尽量想到头里，努力做好兄弟们的榜样；另一方面疼爱自己的儿媳也做得像疼自家闺女一样。她的辛勤付出村里人也都看在眼里，她也光荣地被评为"好媳妇""好婆婆"。

对待老人，高善龙是村民竖大拇哥称赞的好儿子；对待自己孩子，他是称职的好父亲、好爷爷。

高善龙老人一儿一女，女儿现在临沂开了个批发鞋子的商铺，由于生意忙，不常回来，偶尔回来，都是大包小包地往家带，恨不得把临沂的地皮都给父母刮一块来。儿子在石墙镇跟着私企老板开货车，儿媳妇在纺织厂上班。只要不出车，36 岁的儿子在家里就会主动做饭，干点家务，这也得益于高善龙老人从小的教育："儿子也得学做饭，干家务，不能觉得家务活都得妇女干。"

现在，高善龙老人除了种好两亩地，主要工作就是接送两个孙女上下学。由于儿子工作忙，教育孩子们的任务高善龙老人也担起大部分。

说到孩子们的教育，高善龙老人的话匣子打开了："将来的社会，孩子们没有文化真可能找不着活干，真有可能吃不上饭。我有空也看点新闻，抖音快手啥的，你看科技越来越发达，农业机械化越来越先进，无人机喷农药啦，机械化收割播种管理啦越来越多，没有科学文化怎么行啊？以前穷，家里条件不好，没捞着好好学习上大学，吃了没有文化的亏，现在的孩子们可不能再吃这样的亏了。"

高善龙老人现在新添加的家规就是：孩子们的学习是第一位的！全家上下统一思想，统一行动，当着孩子们的面不看电视，不玩手机。13 岁的大孙女从小就学绘画，现在素描要考九级了；也练过两年书法，现在的钢笔字写得工整漂亮，暑假后就去唐村中学上初一了。10 岁的二孙女从小学舞蹈，民族舞跳得有模有样，现在唐村镇中心小学上三年级。为了孩子的学习，高善龙老人骑着电动四轮车一天八趟接送。

"再穷不能穷教育，再苦不能不上学。"

这句话，成了高善龙老人的新口头禅。

# 五月榴花照眼明

正是“微雨过，小荷翻，榴花开欲燃”的五月。

下午，两点五十八分。

按照约定的3点见面时间，我提前两分钟到达薛广玲单位门口。之前微信聊天时，我一直尊敬地称她为薛老师，可她非常谦虚，说啥也不让称呼老师。和我论了下年龄，我虚长她2岁，她让我称呼她“小薛”，我也就恭敬不如从命了。

之前从未谋面，只是拜读了她写的几篇小说，从作者简介里也看过她的照片，感觉很有亲和力，不张扬。但在前来采访的路上，我心里还是有些忐忑，一路上也做了N种猜想，不知道实际接触起来，这个人咋样呢？

大门打开的一刹那，我一颗惴惴不安的心瞬间就踏实了，我俩那么心有灵犀，都穿着白色T恤，运动鞋，都是一身休闲打扮。相视一笑后彼此会意，她的眼神明亮而温和，微烫的头发时尚中透着内敛谦和，往面前一站，亲切如自家小妹。她和善的微笑把我的拘谨和胆怯一下子化解得烟消云散。

细心的小薛还准备好了果盘，我俩边吃边聊，闲话家常。

小薛从2010年开始创作，最初是写散文，第一篇散文《我的姑姑在北京》在兖矿报副刊发表，2012 年 5 月又被转载在中国煤炭安全生产网上，此后又有《过年》《幸福的信》等几篇散文陆续发表。一个偶然的机会，兖矿集团新闻中心新媒体部副部长王艳芹看过《我的姑姑在北京》后说，感觉写得很不错，像是小说。这句话启发了她，从此开始写起了小说，并且越写越顺手，在那一年的冬天，她和王艳芹等几位文友，去济南参加《当代小说》举办的一次文学培训，归来之后，她的第一篇小说《平安无事》发表在《天津文学》上，当时喜悦的心情无法形容。徐迅老师曾写过这么一句话："我至今还忘不了当年为在县报上发表一篇文章而奔跑的少年的身影。"相信徐迅老师的这种感觉，每位写作者在自己的作品变成铅字之后，都有切身体会，那是人生中最为激动和兴奋的时刻，是所有的快乐无法取代的。

自那之后，小薛的小说创作一发而不可收，到现在为止，在各级刊物上一共发表小说 20 多篇，仅 2019 年前五个月，就在《奔流》《天津文学》《阳光》《芳草潮》《攀枝花文学》《延安文学》等发表短篇小说 6 篇。

就像小薛说的，文学是一种宿命。从记事起，她就对文字特别感兴趣。作为 70 后，童年时，家里仅有几本战争题材的小人书，几乎被她翻烂。对她来说，幸福的日子不是有好吃的，不是有足够的钱花，而是有好书看。小学三年级的时候，她的第一篇作文《老鼠》获得了老师的表扬，老师称赞她的开头吸引人，描写精彩。那一年她 8 岁，从老师欣喜的眼神中她获得了从未有过的满足感和自豪感，正是这位老师的鼓励引领她走进了文学殿堂。

当然，小薛的写作之路也并不是一帆风顺的，2013 年，小薛在一个朋友的鼓动下，开了一家汗蒸馆，那时候，儿子才 6 岁。

小薛要忙工作，忙生意，忙孩子，忙家务，天天忙得团团转，自然就与文字疏远了。那三四年里，她感觉生命中最重要的东西缺失了，感觉自己内心空洞无望。后来，小薛果断关闭了汗蒸馆，停掉了生意，从2016年起，她又重新拿起了笔，她感觉只有和文字相伴的时候，整个人才内心踏实，充满希望，光彩照人。

小薛说，写作其实是一个重体力活，在写作上，她经常会有困惑、孤独和焦虑，特别是一篇文章完工，下一篇还没有思路的时候，会急躁会担心，忧虑下一篇写什么，写不好怎么办，这种心理煎熬通常到下一篇文章略有眉目之后才会消失。虽然写作之路坎坷艰难，但小薛仍然乐此不疲，她说写小说需要丰富的想象力，敏锐的洞察力，要善于捕捉故事，提炼加工。写作的时候，感觉自己就是一个导演，脑海里有一出又一出的大戏，她特别享受这种掌控人物命运的感觉。

确实如此，在她的小说中，好多人物命运的改变，有时就是一念之差。比如《活着》中的李秋秋，在霸蛮老公杨正刚的逼迫下，为了找到人生的出口，一时糊涂，亲手枪杀了自己的初恋情人小喜子，把自己的后半生葬送在高墙之内；《一念之差》里的曾昭文，就为了一个招工的指标，为了一个脱离农村当工人的诱惑，一时冲动，顶替了自己的亲弟弟，改写了一家人的命运；《蓄谋已久的爱情》里，贫家女孩刘思源在重男轻女的市侩母亲诱使下，靠玩弄阴谋嫁给富二代同学，妄想“乌鸡变凤凰”，最终自食苦果。

她汩汩流动的文笔里，浓浓的生活气息扑面而来，字里行间洋溢着悲天悯人的情怀，弘扬着正面能量。《梁小木的2013》中，主人公梁小木正是用他的勤劳善良，赢得岳母真心的喜爱，得到高先生馈赠的房子。《向阳花》里的穆云朵，用她的善良真诚像对待亲妈一样对待婆婆，尽心侍奉病重的婆婆，也赢得了婆婆的心。正像小薛文中写的那样：“许多人在人生的河流里行走/他们携带着肿瘤，心事和善良/还有后悔和希望/太阳热烈地照耀着这一切/这一切，活色生香……”

小薛说，在她的写作之路上，有许许多多她想感谢的人，感谢那些在她文学创作的道路上，给予了很多指点、鼓励和帮助的人。比如兖矿文学创作协会主席张波，针对她的小说提出过很多建议，让她少用成语，告诫她小说的创作要符合社会逻辑。她的短篇小说《一念之间》中出现过一个人确诊癌症的情节，她当时写的是血液化验，张主席说确认癌症必须要穿刺，还逐字逐句地帮她改小说，真的让小薛特别感动。兖矿文学创作协会副主席卢金地提醒她写作要放平心态，要有耐性，要多研读文学精品，写作时要反复打磨。正是因为有了他们的督促和帮助，小薛的写作才得以不断进步。

“治大国若烹小鲜”，对于擅长烹调的小薛来说，写小说的过程，也像她精心烹制一锅红烧肉或者排骨一样，怀揣虔诚，辅之以爱心、细心、耐心、责任心，再放进久经光阴打磨的生活感悟，中火温煮，小火慢炖，最后给我们呈上的，必然是一道无上美味。

热爱生活的小薛，业余时间喜欢养生、美容、运动。小薛知道，余生很贵，每一分都不能浪费。

走出小薛单位的大门，依依不舍地和她挥手告别，嘴里说着“小薛留步”，心里却坚定的默念“薛老师再见”，是的，不管是在写作上，还是在生活中，她，当之无愧，都是我的老师。

转脸儿，瞥见小薛单位门口的一排石榴树，“五月榴花照眼明，枝间时见子初成”。一抹斜阳恰到好处地照来，一切，都是这么美好。

# 跋

## 良月无限明

张晓凡

淑红姐是我的好友兼同事。

大约在5年前，她写了自己的第一篇散文《俺爹》，从那以后便愈发不可收拾，几年时间，便积累了这本散文集，而且篇篇都是精品，我嘴上戏称她是“茅塞顿开”，实则内心对她是“顶礼膜拜”。

淑红姐的文章朴实自然，幽默风趣。她的早期作品最能彰显这一特点，在《俺爹》中，她这样描写父亲：“嘴上天天念叨没去过北京没看过天安门，等俺和侄女凑假期定好出游计划买好高铁票，准备带他好好逛逛，却又各种推三阻四，嘴上一边‘不去不去’，手里却又拿着放大镜一天八十六遍地看墙上的地图，就像那满心欢喜等着上轿的新媳妇，非得在临走前哭哭啼啼装出各种留恋不舍的样子。”平实质朴却又充满生活的情趣。仔细想想，仿佛谁家都有一位这样的老人，但在淑红姐的笔下却是那样的呼之欲出，让人不免想起自己身边这样一位“可爱而又虚伪”的老人。追忆往事是这一时期作品的主题，无论是《俺爹》《俺侄儿》

《你是我心中最高的山》《瓜事》等亲情系列，抑或是《梦中的泗河》《又到芦笋飘香时》等童年系列，都洋溢着浓浓的生活气息，平实而又生动。

大概从今年起，也许是阅历的丰富，淑红姐的文章变得灵动唯美，蕴含着浓浓的诗意，更充满了哲思与感动，犹如微风在心间拂过，荡起阵阵温柔的涟漪，《我在凤凰等你》《云上柳》《良月》就是这一时期的作品。在《冬天，想念一树梨花》中她写道："寂静的小院里，依稀看见几只小麻雀在梨树沧桑的枝干上啄食太阳细碎的金丝。"这一时期，她着眼于自然万物，通过对自然深情的抒写，还原生命的纯粹和本真，一草一木、一河一沙在其笔下都是立体的、丰盈的、蕴含灵性的。

无论是其风趣幽默还是灵动唯美的作品，"画面感"都是其作品一以贯之的特点。读她的文字，恍若那人，那山，那云，那水，就在眼前。苏轼评价王维作品"诗中有画，画中有诗"，在我看来，无论是散文、小说还是诗作，好的作品都应具有"画面感"。《云上柳》是淑红姐为学校废弃楼顶的一株小柳树所写，透过她的办公窗恰巧能看到，我也日日经过，从未留意过，而淑红姐却由此引发内心的情思，并付诸笔尖，我想这大概就是常人与诗人之间的区别。她在文中写道："你终于没能抵住冷酷的北风，脱下最后一件战袍，只留下一蓬枝条，对视苍穹。"我眼前立即浮现一株小小的柳树逆风傲然挺立的样子，特意跑到她办公室与"本树"对照，别无二致。

"天空一心一意蓝着，云朵一心一意白着，你一心一意站在云上，俯视众生。"这是《云上柳》文末的一句话。生命长度是有限的，但我想，若能如淑红姐这般一心一意地对待生活，既能怀揣感恩之心回望来路，又能以虔诚之心珍惜眼前的万物，感知生活的细微之处，发现未曾发现的美丽，便能拓展生命的宽度；亦如她般静下心思考生命背后的深意与真谛，让生活处处拥有闪光点，便能提升生命的高度。

在谈论这本散文集的名字时，淑红姐说：“‘良月’既指吉祥的月份，又指美好的月光。”

最后借用淑红姐散文集的名字，祝愿你我岁有良月，日有良月，愿我们都能一心一意对待生命中的良月。

**张晓凡，邹城市第五中学语文教师，山东省优质课二等奖获得者，济宁市优秀教师，邹城市最美教师，邹城市教学能手。教学文章散见于《语文报》《作文与考试》《作文评点报》《满分素材》《智慧少年》《中学生博览》等报纸、杂志，指导学生在省、市、县各级刊物发表作文60余篇。**